中国科幻
经典大系

异星大劫案

主编 姚海军 刘慈欣

海峡出版发行集团 | 福建少年儿童出版社
THE STRAITS PUBLISHING & DISTRIBUTING GROUP | FUJIAN CHILDREN'S PUBLISHING HOUSE

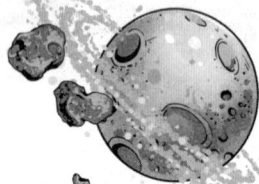

图书在版编目（CIP）数据

异星大劫案 / 姚海军，刘慈欣主编 . — 福州：福建少年儿童出版社，2024.5

（中国科幻经典大系）

ISBN 978-7-5395-7687-9

Ⅰ . ①异… Ⅱ . ①姚… ②刘… Ⅲ . ①幻想小说—小说集—中国—当代 Ⅳ . ① I247.7

中国版本图书馆 CIP 数据核字（2021）第 210429 号

"中国科幻经典大系"入选"福建省优秀出版项目"

中国科幻经典大系

YI XING DA JIEAN

异星大劫案

主编：姚海军　刘慈欣
出版发行：福建少年儿童出版社
社址：福州市东水路 76 号 17 层（邮编：350001）
经销：福建新华发行（集团）有限责任公司
印刷：福州印团网印刷有限公司
地址：福州市仓山区建新镇十字亭路 4 号
开本：700 毫米 ×1000 毫米　1/16
字数：191 千字
印张：14.5
版次：2024 年 5 月第 1 版
印次：2024 年 5 月第 1 次印刷
ISBN 978-7-5395-7687-9
定价：38.00 元

如有印、装质量问题，影响阅读，请直接与承印者联系调换。
联系电话：0591-87881810

前　言

在时光列车即将驶入 21 世纪之际，我国著名科幻作家叶永烈先生在福建少年儿童出版社的支持下，主编了洋洋大观的六卷本"中国科幻小说世纪回眸丛书"，用精心遴选的 300 万字作品，勾勒出 20 世纪科幻文学发展的基本样貌。叶永烈先生不仅是一位影响深远、对科幻文学有着独到观察的科幻小说家，他在科幻史料的发掘和研究方面，也做了许多开创性工作。因此，"中国科幻小说世纪回眸丛书"在今天仍然是回望 20 世纪科幻文学的上佳读本。

叶永烈先生对科幻文学的未来抱有很高的期望，他在该丛书序言中甚至提议："以后在每个世纪末，都出版一套'中国科幻小说世纪回眸丛书'。"但令人痛心的是，2020 年，叶永烈先生过早地离开了我们。出版界的朋友始终铭记他生前的愿望，曾在福建少年儿童出版社工作多年、曾任福建人民出版社社长的房向东先生和福建少年儿童出版社现任社长陈远先生多次相约，希望我能与刘慈欣一起续编"中国科幻小说世纪回眸丛书"。

21 世纪不是才刚刚开始吗？当我抛出这样的疑问时，两位出版人不约而同给出了一个相同的理由：虽然 21 世纪只过去了 20 年，但这 20 年是中国科幻迄今为止最为光彩夺目的 20 年，我们有理由提前实施叶永烈先生的计划。

我深以为然。

自进入 21 世纪，我国科幻便进入了高速发展的快车道——

以吴岩、韩松、柳文扬、何夕、星河、潘海天、凌晨、杨平、赵海虹等为代表的新生代作家，进一步壮大了他们在 20 世纪最后 10 年悄然发起的新科幻运动，为科幻文学带来青春的律动和类型的大幅拓展。

1993 年偶然闯入科幻世界的王晋康，迅速在世纪之交成为中国科幻重要期刊《科幻世界》的台柱子作家，他的一系列短篇《生命之歌》《七重外壳》《终极爆炸》，以及后来的长篇《十字》《与吾同在》《蚁生》《逃出母宇宙》，为 21 世纪的中国科幻增加了文化上的厚重和哲学层面的思辨。

1999 年，中国科幻界另一位明星作家刘慈欣闪亮登场，并在其后的 10

年里密集发表了《流浪地球》《乡村教师》《中国太阳》等一系列高水准的中短篇佳作。2006 年，刘慈欣的《三体》开始在《科幻世界》连载，一时洛阳纸贵。紧接着，2008 年和 2010 年刘慈欣又相继出版了《三体 2·黑暗森林》和《三体 3·死神永生》，将《三体》三部曲发展成一个无与伦比的恢宏宇宙。2015 年 8 月 23 日，刘慈欣的《三体》（英文版）获第 73 届世界科幻大会颁发的雨果奖最佳长篇小说奖，这是亚洲作家首次获得雨果奖，为中国科幻以及中国科幻与世界科幻的对话交流开创了全新局面。

《三体》引发了前所未有的科幻热潮，这一热潮甚至波及海外。《三体》在北美、欧洲以及日本都创造了中国科幻小说的销售纪录，并赢得了良好的口碑。《三体》在今天仍然备受关注，因此，最近 10 年也被很多评论家称为"后三体时代"。

"后三体时代"几乎无处不闪耀着《三体》的辉光，但就在这辉光中，新星的力量在悄然执着地生长。郝景芳、陈楸帆、江波、宝树、张冉、七月、拉拉、迟卉、长铗、谢云宁、夏笳、程婧波、顾适、阿缺、杨晚晴、梁清散、钛艺、廖舒波……新一代的科幻作家（亦称更新代作家）以更为敏锐的眼光审视并界定科幻的意义，试图在文化传统和国际潮流、现实和未来、科技和伦理的交织中找到立足的锚点。更让人惊喜的是，当下科幻舞台的中心，不仅有新生代、更新代，王诺诺、索何夫、陈梓钧、昼温、念语等 90 后作家也已经崭露头角。美国著名科幻作家大卫·布林预言，世界科幻的未来在中国。我想，有才华的年轻人不断涌现，应该是这预言最坚实的支撑吧。

科幻的繁荣，意味着我们无法仅以《三体》为轴心对这 20 年进行评说。中国科幻之所以丰富多彩，根本原因在于它的包容性。21 世纪以来，以"何慈康"（指何夕、刘慈欣、王晋康）为代表的"核心科幻"取得了令人瞩目的成就，拥趸众多；韩松式"边缘科幻"也一直特立独行，绽放异彩。可以说正是由于有韩松式作家的存在，中国科幻才成为一个完美的大宇宙。韩松被认为是被严重低估的科幻作家，他的小说既有对当下至为深刻的洞察，也有对未来最为大胆的寓言式狂想，对飞氘、糖匪、陈楸帆等更新代科幻作家产生了深刻影响。

科幻的繁荣，还意味着针对不同年龄层读者创作分工的完成。在原本被认为属于儿童文学的科幻小说日益成人化的同时，在科幻的内部，少儿科幻分支开始重新被认识，并迅速发展。一方面，专门为儿童写作的科幻作家异军突起，包括杨鹏、赵华、马传思、王林柏、陆杨、彭柳蓉、超侠等，其中赵华、马传思、王林柏凭借自己的科幻创作获得了全国优秀儿童文学奖；另一方面，成人科幻作家进入少儿科幻领域也渐成趋势，王晋康、刘慈欣、吴岩、星河、江波、宝树等均创作了少儿科幻作品，吴岩的《中国轨道》也获得了全国优秀儿童文学奖。

这套"中国科幻经典大系"虽然未直接沿袭叶永烈先生"中国科幻小说世纪回眸丛书"的书名，但基本遵照了后者的编辑体例，将21世纪第一个20年科幻小说的主要创作成果分为12册呈献给广大读者，其中很多作品都获得了中国科幻银河奖、华语科幻星云奖等重要奖项，亦有不少作品被译成英、日、法、意等语言在国外发表。其中，《北京折叠》甚至获得了世界科幻大奖雨果奖，作者郝景芳也因此成为第二位捧得雨果奖奖杯的中国科幻作家。

佳作纷呈，但篇幅有限。因此，关于本丛书的选编，有几点需要说明：

一、因便利性等原因，本丛书未包含中国港澳台地区的科幻作品，将来有机会另补一编。

二、21世纪第一个20年科幻创作繁盛，为尽量多收录中短篇佳作，本丛书未收录长中篇及长篇作品。

三、同样因为篇幅有限，无法收录很多作家的全部代表作，我们只能优中选优。

四、个别作品因为版权原因，故未收录。

五、本丛书的编选由我和慈欣共同完成。我初选后，交由慈欣审定。慈欣阅读量惊人，很高兴和他一起完成这项有意义的工作。

六、感谢所有入选作者对主编工作的支持，感谢福建少年儿童出版社对本丛书选编工作的大力支持。福建少年儿童出版社是一家有科幻出版传统的出版社，20世纪90年代推出的"世界科幻小说精品丛书"、六卷本的"科幻之路"和六卷本的"中国科幻小说世纪回眸丛书"均影响深远。希望福建少年儿童出版社每隔20年，都能出一套"中国科幻经典大系"，直到22世纪，汇编成蔚为大观的第二套"中国科幻小说世纪回眸丛书"。

目　录

昆　仑

长　铗

009

永不消逝的电波

拉　拉

037

祖母家的夏天

郝景芳

069

活　着

王晋康

085

汩罗江上
夏笳
121

人类的遗产
迟卉
157

古曼人棉城遗址调查手记
迟卉
177

异星大劫案

米 泽

193

地下室富翁

查 杉

209

消防员

王侃瑜

221

◆ 第18届银河奖杰出奖获奖作品

昆仑

长铗

本故事纯属虚构，与真实历史无关。

　　火星在七月的黄昏沉沉坠去，西边的天空一片通红。我站在颠簸的马车上，视线从寥廓的苍穹垂落于背后一片广袤的大地。两条深深的辙印蜿蜒至天边，那里杜宇落单的身影渐行渐远。我掐指一算，离开楚国已经三个月了，满车向周王进贡的包茅早已失去了它的嫩绿与幽香。

　　我的眉头微微蹙紧，今天是朔晦日，天空却是月明星稀。大周的历法的确需要重新修订了。祖宗传下的颛顼古历沿用了几百年，累积误差已十分明显，节气与农时的舛误常常令农人不知所措。

　　三个月前，我接到王的传诏，限我即日起程前往镐京。我的族人在接到这一旨令之时，惶恐万分。自从昭王南征楚国不还，周王室与楚世家的关系已经异常紧张。我走出家门登上马车的时候，背后号啕一片。我的嘴角轻轻抽搐了几下，终究没有吐出一个字。我再次检查了我携带的书箧，便吩咐御卒挥鞭启程。我下令的时候嘴角竟扬起一丝微笑。是的，我申氏历代为周王整理地理志，一百年来兢兢业业、小心翼翼，未尝敢因官爵低微疏误职责，能在一个春光艳丽的下午被千里之外的周天子想起也不失为门庭幸事。事实上，这次接到传诏的除了世代为周王修订地理志的我申氏家族，还有天文世家甘氏、机械匠师舒鸠氏，甚至楚国名觋巫咸、巫昌。每一个都是楚国举足轻重的人物，我一个小小的堪舆师又有什么好担心的呢？

我们赶到镐京时，偌大一个镐京城已充满了南腔北调的奇人异士。齐国的稷下学士①、燕国的羡门②、晋国的铸剑师、郑卫的乐师、楚国的阴阳家甚至西域的幻术师，都如百鸟朝凤般聚集在俪宫大殿里高谈阔论。他们的随从、辎重挤满了西京的客栈，马廊里高低不一、毛色混杂的马匹日夜嘶鸣不绝。

我们被安置在蒲胥客栈，一个月过去了，依然没有被王召见的消息。随车进贡的包茅早已被冬官长验收，传下的旨意是让我们耐心等待。不久，王将举行一场声势浩大、前所未有的殿内测试。在这次测试之前，全国被传召的学者、术士、巫觋将被王依次召见，当庭询问一些专业职责范畴之内的事宜。

关于这次周王劳师动众的起因，众人蠡测纷纭。模糊的说法是王被一个大而空的问题所困扰。这个问题是如此博大精深，以至于不得不召集普天下最有智慧的人来回答。而这个问题被提出来的渊源让人觉得好笑，仅仅是因为两件毫不相干、梦一般荒谬的事情。

第一件事是西方很远很远的某个国家有个幻术师来到镐京，此人凌虚漫步如履平地，穿墙入室毫无阻隔，既能用念力改变物体的外形，又能控制人的思维。大周的饱学之士没有一个能够破得了这个人的法术，更无法解释这其中的奥妙。这个不速之客性情极其孤傲，视华夏俊杰如土鸡瓦犬，根本不屑于与众学士讨论法术的高妙。王倾尽国库为他修建了中天之台，又从郑卫选来妖艳柔媚的女子，布置在楼馆之中，让她们演奏《六莹》《九韶》美乐，供他享乐。可幻术师依然不甚满意，勉强下榻中天之

---

① 关于"稷下"的来历，一说，因齐都南隅有稷山，临淄在其北侧而得名；一说，齐都临淄西门原有稷门，学宫营造其外，故称"稷下"。大批学者在此自由辩论，人们称这些人为"稷下先生"，他们各自所集的门徒则称为"稷下学士"。官方机构稷下学宫，创建于田氏取代姜族，夺取齐国政权后的第三代国君齐桓公田午时期，但这种类似于哥本哈根酒吧的科学讨论风气可能上溯到远古。

② 羡门："shaman"的音译，一种信奉外来教义的方士。

台后不久，便请王与他一起游玩。王拉着他的衣袖，腾空而起，直上云霄，竟来到绯云之巅的一座宫殿。这宫殿金碧辉煌、气势恢宏，巍峨地耸峙在云雨之上。王耳闻、目睹、鼻嗅、口尝的均非人间所有，于是断定这便是清都紫微宫，听到的是钧天广乐曲。王低头往下看，见自己的宫殿楼宇就像堆积的土块柴草一般丑陋不堪。幻术师引着王在宫殿里四处游逛，所及之处抬头不见日月，低头不见山川。光影阑珊，天籁袅袅，王心迷意乱，失魂落魄之极，幻术师推了他一把，王就从虚空跌落。王醒来的时候坐的还是原来的地方，身边的侍者还是老面孔，再看案前，酒菜还热气腾腾。王问自己刚才从何而来，侍者回答王一直就睡在榻上，只是小憩了一会儿。王来到中天之台，幻术师已杳如黄鹤，不见踪影。王从此郁郁寡欢、精神恍惚。

第二件事是王从西方狩猎归来，途中有人向王推荐一个名叫偃师的工匠。与偃师一同前来觐见王的还有一个面容古怪的人，此人对王的态度甚是倨傲无礼。王正诧异间，偃师请王上前审视，王赫然发现这个人竟然是一个木偶！奇妙的是，这木偶的动作举止与真人一般无二，他可以随着音乐舞蹈，节奏无不合乎桑林之舞。他还能放声高唱，韵律美妙，只怕王宫内的歌伎也要逊色三分。王的宠妃盛姬被这一奇事吸引，围绕着木偶左右观瞻，啧叹不已，冷若冰霜的皎面上也浮出了久违的笑靥。王正要重赏偃师，孰料这个木偶在众目睽睽之下竟眨眼挑逗盛姬。王大怒，欲诛偃师。偃师惊恐万分，立刻把木偶拆卸开来，只见木偶的身体内部全部是一些皮革、牛筋、木头机枢、树胶、漆之类毫无生命的器物，齿轮交错，曲轴纵横，以牛筋缠绕牵引，紧紧箍在轴承上的牛筋自然释放，轴承转动，驱动咬合的齿轮旋转，动力传引至木偶的四肢五官，这才有了刚才的"千变万化，惟意所适"。王被这一精湛的技艺深深折服，叹道："人之至巧堪与造化同功啊！"王于是重赏偃师，以车载回木偶，日夜陈于大殿之上表演以供众卿娱乐，前来朝觐的蛮夷诸族使者无不叹为观止。可是王很快又快快不乐起来，经常眉头紧锁，在宫中横七步竖八步，嘴里还喃喃念叨些什么，有时手拍脑袋做恍然大悟状，有时又顿首跺足做焦躁不安状，迷了心窍一般。只是有一天，王在藏书阁密室里单独召见偃师，与他彻夜倾谈。丑时，侍者听到密室里传来王暴雷般的怒吼。清晨，偃师出来时就像整个儿换了个人，形容枯槁，面如死灰。有好心人上前关切地询问，偃师却一言不发。当天下午，偃师就从镐京城内消失了，谁也不知他去了什么地方。

就这两个梦一般的故事加上两个谜一般的人，害得王寝食不安、食不甘味。众人晃着脑袋议论着、猜测着、揣度着。

住在东厢七号房间的稷下学士王子满从王的行宫归来，众人立即围住他询问王所考核的内容。

"什么？十字秤星？"众人愕然。

"是的，王一定是疯了，可怜我苦心钻研艰深学问，准备的典籍不计其数，结果王所询问的居然是秤杆前端镶嵌的十字秤星是什么含义。"王子满歪着头，嘴微翕着，目光呆滞，似仍在咀嚼那个荒谬的场景。

"你是怎么回答的？"有人问。

王子满挤出一丝苦笑："这怕是属于贩夫走卒的知识了。秤杆上的十字秤星乃是商道上心照不宣的一个标志，代表'福禄寿喜'四义，谁要是缺斤少两，是要折损福禄寿喜的。自古秤杆就是这种制式，历经千年，这层意义倒是鲜为人知了。"他的脸上不自觉地浮上一层得意的红光。

四下鸦雀无声，各自思忖这一问题的奥妙。

"不对。"另一名稷下学士杨墨捻着下巴上几根枯须，徐声道，"王兄的说法似颇有理却经不起推敲，既然买卖的双方都不知道十字秤星的含义，这折福的警告又怎能吓阻欺诈行为呢？"

屋子里顿时聒噪起来。

"诸位，诸位。"一个不急不缓的声音打断大家的争执，是宋国的象数大师东郭覆，"十字秤星的含义我看不甚要紧，关键在于王为何要关注这样一个常识，它与传闻中王所冥思的那个大而空的问题有何瓜葛呢？不才昨日也刚刚被王召见过，王所询问在下的却是另外一个相似的问题。在下推敲，这两者似有渊源……"

"是何问题？"众人安静下来。

"王问的是，算盘为何采用上档两珠下档五珠的制式……"

这有何不对吗？房间里充满了诡异的空气。这样的问题就好比质问石头为何长成这样而不长成别样。一个司空见惯的事物值得去考究它的来历吗？如果去询问制秤匠或是制算盘匠，他们可能只好这样回答：祖师爷传下来的就是这样。但是一个电光石火的念头突然在我心中绽放：对呀，对于民间使用算盘的商人、学者而言，算盘的确存在两颗多余的子，上下档各有一颗子从来都用不上，合理的设计应该是上档一子下档四子。我意识到此点后便悄悄推门离开了这沸反盈天的讨论现场，回到自己的厢房，裹上被子苦思冥想这一问题。窗外灌进一大片皎洁月光，地上如水银泻地。我辗转反侧，一闭眼，黑暗中似乎有一点幽幽的光在游走，它飘渺不定，与我若即若离，我几乎就要触及它的光辉，它却又幽灵般闪开了。当我遽然睁开眼时，四周光华灿烂，已是旭日当空。随从毕恭毕敬地准备了洗漱盆巾站在我床前，告诉我王的使者刚才已来过了，王于午时召我觐见。

"西北之美者，有昆仑虚之璆琳琅玕焉……"王背对着我，缓缓诵读着《尔雅》里的辞章。四周一片蛙鸣鸟语，风在翠竹红叶之间沙沙游走。我没想到王召见我的地点是在他的濩泽行宫。

"你就是申子玉？"王转过身来，那个传说中精力充沛、爱好骑射的新君面容竟如此清秀脱俗，飘然出尘，只是几缕衰弱的长发在阳光下闪烁着濯濯银光，几近透明。王真的老了吗？王即位之时已经五十岁，按理说，这个年龄已不堪承载征战四方、傲睨天下的壮志雄心了。

"臣正是世代奉旨修订地理志的楚地申氏传人子玉。"我朗声回答。

"楚人？"王冷冷一笑，我心一紧，分明听到王鼻子里传来的带着冷风的哼的一声，"《山海经》就是你们楚人杜撰的吧？"

我如释重负，正容道："《山海经》确为我楚先祖所编撰，文采瑰丽，多录鬼怪异兽神话传说，但地理风俗均参考前人著述及实地考稽，'杜撰'一词似失之偏颇。"我心中暗暗称奇：《山海经》向来被世人视作禹臣伯益的著作，王又是从何推断它是楚人的作品呢？

"实地考稽？"一丝嘲笑挂在他的嘴角，"那好，寡人向你讨教一个关于《山海经》的问题。"

"臣洗耳恭听。"

"《山海经》之《西山经》《海内东经》《海内西经》《海外南经》《海内北经》《海外西经》《海外北经》上均记载昆仑之山，那么，昆仑到底尊驾何处？"王严厉的目光似两道光剑，刺得我不敢正视。

"臣不知。"我脑海乱成麻团，两腋冷风飕飕，汗如瀑下。王所提的问题实际上正是困扰堪舆界多年的疑难问题。有人认为海外别有昆仑，东海方丈便是昆仑的别称；有人则考定昆仑在西域于阗，因为河出于阗且山产美玉，与纬书记载相符；有人认为昆仑并非山名，而是国名；还有人干脆认为昆仑无定所……古来言昆仑者，纷如聚讼。

"纬书记载：昆仑之丘，或上倍之，是谓阆风。或上倍之，是谓玄圃。或上倍之，乃维上天，是谓太帝之居。试问：天下何山如此怪异，竟分上下三级结构？"

"臣不知。"我声音细如蚊蚋，无地自容。相传，昆仑一山上下分三层，有九门，门有开明兽守之。曾城之上，有天帝宫阙。这种结构谁也没有亲见，历代纬书却记载翔实，言辞凿凿。对于这种记录，我们后辈亦只能一五一十参照前人著述加以整理修订，或暂付阙如，万不敢凭空臆想增饰文采，妄下评断。

我听到一声悠长的叹息如羽毛般飘落。王远远踱去，他挺拔的身影竟有一丝摇晃，双肩颤颤巍巍，银灰色长发更零乱了。我心念一动，那个孕育已久的假想似要脱口而出，却又艰难地吞入腹中。作为一名堪舆师，没有经过实地调查又怎敢妄自推断？

王眼角的一丝犀利的白光触疼了我通红的脸，我垂头不语，心中泛出一丝苦涩的嘲笑：怎么可能呢？昆仑方八百里，高万仞，岂可……

"你有话要说？"王似乎读出了我的思想。

四野的蛙鸣不知何时静寂了，风也似乎睡了，稠密的树叶一动不动。夏午的池塘里蒸腾出一层幽蓝的雾霭，池水一平如镜，像一块晶莹的翡翠。咚的一声，池水破碎了，一只青蛙在团团荷叶间游弋，荷叶在水波的推动下终于摇出几分清凉。

"臣猜测，也许，昆仑根本就不是一座山！"我的声音在蜿蜒蛇行的空荡长廊里回响，洪亮却掩盖不了尾音的颤怯。

王猛地望向我，那目光里的温煦鼓舞了我，我继续说："之所以纬书上南西北东都有昆仑的踪影，是因为昆仑原本就是会移动的物体。"

"会移动的物体？"王闭上眼睛，深吸一口气，沉吟良久，"那会是什么呢？"

"比如，比如……"我支吾着，腹中千头万绪似要在一刹那喷涌出来，"比如星槎[①]。"

王睁开眼，深邃的眸子里荡漾着熠熠的波光。

"好个南西北东！好个星槎！"王突然爆发出一阵狂肆大笑。在笑声中，我忐忑不安，如芒在背。

王在亭子里来回踱了几步，便倏地坐下，赐我一个与他面对面的座位。侍者端来用冰壶盛装、外置冰块的美酒，在王与我的杯盏里倒满了香气四溢的琼浆玉液。这酒乃是我们楚国出产的酎清凉，最宜夏天饮用。王与我举盏几回后，疲倦的脸上便有了几分红润。

---

① 星槎：UFO（不明飞行物）在中国古代的称谓。

"你愿意听寡人讲一个古老的故事吗？"王的目光缥缥缈缈，御苑内的青山碧水、斗折回廊在他恍惚的目光里黯淡下去……

"那是在一千多年前，古代的一个皇帝命令他的一个孙子两手托天，让另一个孙子按地，奋力分离天与地之间的牵引。最后，除了昆仑天梯，天地间所有的通道都被隔断了。这个雄心勃勃的皇帝又令他的一个孙子分管天上诸神的事务，另一个孙子分管地上神与人的事务，于是一种新的秩序开始形成……"王用意味深长的目光望着我。

我心里说：是的，我明白。这个被称作"绝地天通"的故事也记载在《山海经》里，这个古皇帝就是颛顼，他的两个大力士孙子一个叫重，一个叫黎。传说在绝地天通的那一刻，礼崩乐坏……很明显，这只是神话。王叙述这个故事又有何企图呢？

"我常常对一些司空见惯的事物心存困惑，"王抿了口酎清凉，"当我继承了王位，神州天下就如同一幅舆图一般舒展在我眼前。按理说，我只需继承先王制定的法规沿袭周礼，就可换得海晏河清，可是我无法回避内心的一些困惑，甚至对祖宗之法和治国之道产生怀疑，比如古历，比如易卦，比如谶纬之说。当我试图解释这些问题时，我便意识到两种潜伏的秩序在斗争、在蔓延，影响到普天下的每一个角落。当我明白自己正站在一个两难的历史的高处，我的一念之差将对后世、对王室基业产生巨大影响时，我就陷入一种悲凉的境地：孤独，并且无奈。我害怕，我一觉醒来，一种新的秩序席卷这个世界，就像一千多年前的绝地天通一样，礼崩乐坏。而我，王室的继承者，对此束手无策。矛盾的是，我内心又在隐隐期待这新秩序的到来，就像期待一场久违的大雨。这雨可能是一场甘霖，福泽天下，但也可以是一场洪水，吞没一切……"

我呆呆地望着面前这个人，忘却了他的身份。此时，他在我眼里只是一个需要倾吐的独行者。他站得高，可以望见我们所不能企及的地方。他必须思索一个问题，这个问题是如此庞杂，以致我们无论在各自的专业范畴钻研多深，却只能窥见这个问题的一隅。管窥蠡测，所以我们才觉得好笑。

"所以，我决心研究我所继承的这种秩序的由来，发现一切的一切都与那个子虚乌有的昆仑有关。似乎一夜之间，黄帝从虚空继承了他的发明技艺，这才有了舟、车、机械；神农从虚空继承了他的耕作技能，这才有了百草、稼穑；伏羲从虚空继承了针灸医术，这才有了三百六十五个穴位的特定组合与病症的精确对应。有些病症通常需要几个甚至十几个穴位的组合，针灸才有疗效，可是你知道要从这三百六十五个穴位中摸索出对症的组合针灸术，需要试验多少次吗？"

"一百次？一千？哦，不……"我意识到了自己的荒谬，拼命摇头。

"一个数术家告诉我，从三百六十五个穴位里选取合适的五个穴位，需要实践五百二十五亿二千一百万次。"

我无从揣度这个数的大小，因为就我的工作而言，最大的数是二亿三万三千三百（里），这是天体的经长。

"这说明针灸之术不可能是远古时代的某位神医通过实践积累的方式所创造的。"

"我听说针灸术最初写在一本与黄帝有关的书上。"

"不错。"王笑笑，"不光是针灸，你若是询问机械制造工匠，他的技艺发源于何代何人，最终也会追溯到与黄帝有关的一本书上，比如《阴符经》……"

《阴符经》？这不是九天玄女赠给黄帝的那本奇书吗？相传，黄帝正是依靠此书指点才发明了指南车，走出蚩尤布下的迷雾，从而击败了蚩尤。

"那么，易经八卦呢？"王偏着头诘问我。

"这……"我狐疑了。众所周知，易卦是文王被拘于商狱时一手创造的呀。

"你相信闭门造车吗？一个囚犯怎么能在斗室里远取近求、仰观俯察呢？一个失去自由的人如何演绎大千世界的千变万化呢？"

我震惊了，天下敢如此评价文王发明易卦的功德的人，也恐怕只有他老人家的五世孙姬满了。

"你觉得我国使用的算盘设计合理吗？"王又突发奇问。

"臣以为上下两档各多出一子。"我庆幸自己昨晚刚刚琢磨过这个问题。

"可是，在一千多年前礼崩乐坏的时代，今天仍在使用的算盘却是合理的设计。因为那时候的人使用的是十六进制。"王面无表情地说。

一粒火花在我脑海里绽放，这颗火星拭亮了一大块死寂的黑暗。是呀，上档每珠代表五，下档每珠代表一，那么每位的计数值是十五，这也是十六进制的最大基数。即使在今天，十六进制仍然在称量、占筮领域使用着，半斤八两的说法即源于此。

王不待我整理思绪，飞快地道出一句："那么十字秤星呢？你了解它的含义吗？《山海经》为什么采用南西北东的方位顺序而不是民间流行的东南西北的习惯顺序呢？"

我脑袋完全蒙了，心中唯有感慨：各行各业都有一门行规，我们堪舆行内的规矩正是以南西北东的顺序描述地理，这规矩谁也不知道是从何年何月定下的，却一直沿用至今，谁也没觉得这有什么不妥，更不会想为什么会是这样。我痴痴地望着王，酽清凉美酒的幽香也无法唤回我的思绪。

"这一切均是源于河图洛书①。"王的声音显得轻飘飘的。

什么？河图洛书？我如坠云雾。

"十字秤星实际上就是洛书图案的核十字，《山海经》的叙事顺序——由内而外自南到东，也是按照洛书的解读规则进行。可惜，这门学问今天已经无从考究，那种智慧实在太过精深博厚，远非吾国学士可以推敲探求。"王缓缓地直起身子，衰老的骨节发出咯吱的摩擦音。他的双臂颓然

① 河图洛书：两幅可能起源于结绳记事时代的抽象图案，是对数及数理关系的形象总结。

下垂，浑浊的目光眺望远方。不觉间，日已西斜，把他的影子拖曳得又长又模糊。

"那是一门什么学问？"算盘、秤星、昆仑、黄帝，我的脑子被这五花八门的念头与线索充填、缠绕着。王峰回路转的思维让我智枯思竭，以至于连我提出的问题都如此苍白无力。

"那……那不是人间的学问，它来自昆仑。"王沉重地一字一顿地说。他双眼闭成一线，似在进行千年不朽的冥思。

从王的濩泽行宫归来，照旧有一大群人询问我被召见的细节。我疲惫地挥挥手，躲进自己的厢房，一头栽倒在床上，蒙头大睡。脑袋像交战正酣的战场，短兵相接声与战车错毂声喧嚣一片。王所描述的那个世界真的存在吗？一千多年前绝地天通时礼崩乐坏的传说又暗示着什么呢？旧的秩序就是在那个时代建立并影响至今吗？比如日渐式微的十六进制，比如众说纷纭的河图洛书。大周开国近百年以来政通人和，天下太平，王又在担忧什么呢？

八月甲子夜半，恰逢合朔，合乎历元要求，楚星官甘韦庭上书王，建议修改颛顼古历。王欣然同意。

在新历颁布的这一天，王召开殿试大会。全镐京城麇集的学者智士济济一堂，分作两批在王左右坐定。王的左手侧入座的是羡门、方士、谶纬师、巫觋、幻术师，王的右手侧入座的是象数师、数术师、天文家、稷下学士、机械师、堪舆家。我们这样入座时面面相觑，心底顿时明白些什么。在蒲胥客栈，我、天文家、稷下学士、巫觋、方士作为大周的顶尖人才簇拥在一块，从来没想到自己与对方有何不同。而今天，王把我们分为泾渭分明的两个阵营，我才恍然大悟，那两种令王寝食不安的互相斗争的秩序是什么，那两个梦一般来去无踪的故事与故事的主角又分别代表着什么。

王只是用他矍铄的目光扫视了堂前一眼，大殿就陡然静寂了。王说："今天，寡人把大家召集在这里，是要解决最为困扰大周的一个难题。今年宋国的旱蝗导致百姓颗粒无收，偏逢去年劳师伐徐，国库粮仓亏空。救济不力，民不聊生，乃寡人之大过。长江、黄河隔三岔五地泛滥更是寡人的心腹之患。寡人时常冥思苦想：若是有一种至高至妙的方法来预测来年的荒馑旱涝，那该多好。如此，便可以从容提前决策。若是荒年，则蓄积粮食；若是洪涝，则迁移人民到高地；若逢大旱，则颁令改种旱田庄稼。寡人上下求索，却难得一计。难道举国上下，倾尽智囊，也无法预测来年的气候吗？"王的声音突然拔高，高亢激昂，在大殿内久久回响。

　　"陛下。"楚国名觋巫咸上前奏曰，"臣在楚国大行占卜之道，数次预测来年的气候变化，无不合验如神。可见祖宗传下的占卜之术，乃是神人贯通先知先觉的唯一通道啊！"

　　"此言差矣。"稷下学士王子满征得王的许可，站起来说，"气候乃是一种云气变幻、阴阳调燮的现象，这里面有规可循。据我统计，长江流域的洪水泛滥呈现或三年或五年的周期规律；中原的旱灾一般伴随着蝗害，是旱灾的气候周期律与蝗虫的生物周期律耦合调和的结果。"

　　"既是一种规律，王兄可否预测一下来年贵国的气候？"巫咸冷冷地说。

　　"这……"王子满露出窘迫的神色，"气候的这种规律太过复杂，气候又时刻处在动态变化之中，它只是在大量的统计数据中呈现一定的规律，若要精确预测，委实困难……"

　　"笑话！"一个西域的幻术师不顾礼仪体统站起来，"天气这玩意就好比奴仆的表情，我要其阴它就不得晴，我要呼雨它不敢来风。大王不信，我可当场演示。"

　　王还未有表示，幻术师就迫不及待地一抖衣袖，半空响起一声霹雳，震得殿堂穹顶簌簌作响，众人缩着脖子，敬畏地望着那个烟雾腾腾的衣袖。

"这位先生固然可以主宰一时之风云变幻，殊不知气候乃是一个季度乃至一年的寒暑变迁，先生若有高能，何不作法令来年风调雨顺、凉风习习、四季如春？恐怕当真正的大旱来到，你唤来的那几点雨还不够你洒仙水的分量吧？"雄辞闳辩的东郭覆说得幻术师瞠目结舌，满脸通红。他只得低头去驱散袖口的浓烟，浓烟却驱之不尽，滚滚涌出，那滑稽的场面激起大殿里一阵压抑的哄笑。

"陛下。"楚国老觋巫昌叩拜在地，"易卦为先帝文王所创造，卦象的乾道变化、阴阳翕辟高深莫测，乃是因为卦象中附存有神的意志。易卦传至今日近一百年矣，我们不肖子孙对易卦的领悟日趋平庸，以致祖宗的智慧之精华不得继承。臣恳求陛下在全国推行易卦，以辅佐王道，沟通神人，调理自然，则大周幸甚！苍生幸甚！"

王沉默不语，转而把目光投向我们一侧，那目光里的含义深不可测，又似乎什么含义也没有。

"陛下。"东郭覆拱拱手，"臣以为乩坛盈城，图谶累牍非但不是兴国之本，反而遗祸万年。试想，以龟甲之裂璺、蓍草之形状、卦之阴阳与旦夕祸福联系起来，是多么荒唐。卦辞曰：小狐汔济，濡其尾，无攸利。请问如何从小狐狸过河弄湿尾巴得出事不成功？难道今早我出门是先跨左脚还是右脚与王是否赏识我的见解有关吗？"

我们冷静地沉默着，脸上却浮出会意的微笑。

"愚夫不可与语卦之妙。"巫昌恨声道。

东郭覆听了也不恼，转向巫昌躬躬身："老先生，据说卦象的变化体现的是神的意志，不料我这田夫野老虽不懂易卦之妙，却也通晓神的旨意。"

"哼……你可推断我掷下的这一卦是阴是阳吗？"

东郭覆道："一卦之阴阳即使判断正确亦有巧合之嫌，不妨你掷卦一千次，我来判断其中阴阳卦各占的次数。"

"好。"王拊掌笑道，"寡人就为你们仲裁，看卦象到底是神人还是愚人的意志。来人，计数！"

东郭覆心领神会，不动声色地说："我推断这位先生掷下的卦象阴阳各占一半。"

"荒谬！"巫昌白花花的胡子在呼哧呼哧的鼻息前乱舞。

"阴，阴，阴，阳，阳，阴……"侍卫一一如实将卦象报出。

巫昌双臂抱胸，吹着胡须，用眼角的白光睥着东郭覆，一副要你好看的表情。不知何时，王悄悄踱到我跟前，轻声问："你认为结果怎样？"

"臣不知。"我老实说。

王笑了："你知道我是如何推断出《山海经》是楚人写的吗？"王的问题总是突兀怪诞，这分明是两件不相干的事呀。

王似乎知道我又要说不知，便自答道："因为我数过《山海经》里帝王神话人物的露面次数，发现你们楚人的先祖颛顼出现达十六次、黄帝出现二十三次，远超过三皇五帝中的其他人。这样的材料安排也许是出于无意，却暴露了作者的感情趋向。"

我恍然大悟。

"报告陛下，阴卦共计四百九十九次，阳卦共计五百零一次。"

左右两席同时响起一阵欢乐的呼声。不言而喻，这意味着我们这方阵营的胜利。但对方也自认为胜利了，因为只是四百九十九比五百零一，只近似于各占一半，神的意志似乎是不可精确预测的。双方于是展开了激烈的争执与攻讦。此时，一个着玄色长袍的人无声地屹立在殿前的大门口，阳光倾洒在他飘飘的衣袂上，令其笼罩上一层令人眩晕的金色。黑纱斗篷下那张鸠形鹄面的脸却让人不寒而栗。谁也不知道他是什么时候出现的。王抬起双眼望向门口，他眼里的光突然浮动了。王从宝座上起身，嘴微翕着，视线又平又直。众人对王的表情迷惘了，目光顺着王的视线落在那个不速之客的身上。是他，那个传说中穿金越石、移山倒海的幻术师？大臣们窃窃私语，脸上浮现出敬畏的神色。

那人的目光空洞，仿佛殿堂内的众生相在他的视野里投影的只是一堵白色的墙。他移动他的身子，却似乎根本没有迈动步子，衣袂飘扬、长发乱舞，在众人惊愕的目光前漠然移动。侍卫们完全遗忘了他们的职责，众宾客则忽略了自己的存在。就这样，他来到了王的跟前，拿出一卷羊皮纸，不，谁也没有看见他掏东西的动作，只是手上突然就多了一卷羊皮纸。他将羊皮纸掷在地上，面无表情地说："这是神的旨意。"

那卷纸静静地躺在光亮的大理石地面上，上面笼罩的好奇的目光几乎要把它烤焦。侍卫正要俯身去拾，但是他似乎看到了什么，便困惑地停住了他的手。是的，大家都看到了，那卷纸似通晓人意一般，自动舒展开来，那上面的娟娟小字竟自动放大，投影于半空之中，以致每个人都能清晰地看到字符的细微结构。可是，大家很失望，那上面奇异的符号连最博学的稷下学士也无法阅读。我泄气地垂下视线，发现羊皮纸仍躺在地上，那半空之中浮现的竟是它的幻象。

"何人能解读这文字，寡人赐万金！"王高声喝道，环顾玉樨栏下。

骄傲的稷下学士垂下他们高扬的头颅；头发斑白的老学究们窘得满脸通红；大臣们正襟危坐，佯装城府。那些羡门、方士、巫觋倒是趾高气扬起来，纷纷私下炫耀他们对这些文字的一些心得。因为他们即使不懂，却也对这些符号十分熟悉。这些符号原本就是鬼符，方士们挂在木剑上焚烧的树叶上画的就是这些。

"神的文字俗人岂可亵渎？"那人的声音不大，却响在每个人的耳边。他的嘴却是紧抿的，冷若冰霜的面孔如一潭死水，春风吹不起半丝涟漪。

王叹了口气，颓然歪倒在宝座之上。

门口的宾客与侍卫突然骚动起来，是偃师。他来了，大周最有智慧的人——偃师来了。这个激动人心的消息比酙清凉美酒的清香传播得还快，以至于整个殿堂都笼罩上了一层愉快的醉意。王挤揉在眉间的两指猛然舒展，嘴角不易察觉地扬起一个弧度。

布衣偃师，一身素白，连他整个人都是苍白洁净的。他眉清目秀，面若朗星，脸上没有血色，也没有阳光的颜色。他似乎习惯于在黑暗中工作，当他从长年累月的黑暗中走出，来到灿烂阳光下，他就像一个初生的婴儿一般鲜活，充满生命的新奇与活力。他的身后是一台笨重的机器，它装有四轮，在大殿里自由游弋。

"偃师，这一年以来，你又瘦了。"王来到偃师的身旁，搂着他的肩膀，眼睛里溢满了柔光。

"王，我失败了，我没能制造出一个拥有自我意识的木偶。"偃师哽咽着，像一个委屈的孩子。

"不，你是成功的。"王仰头直望殿穹，似在缅怀往事，"寡人已经明白一个道理：就算我们人类现在还不能制造出一台拥有自我意识的机器，我们人类的繁衍却无时无刻不在生产拥有自我意识的产品——人。我们这一代不能，不代表我们的子孙后代不能，况且你制造的能应声起舞的木偶已获得前所未有的巨大成功。它能在表演时突然与我的爱妃眉目传情，就已带给我们巨大的惊喜：它已经学会超越你的命令表达自己了。虽然我们无法解释这一转瞬即逝的意识火花的渊源，但它已经带给我大周一个希望，这希望将引导我们华夏子孙走向一种必然！走向光明！"王洪钟般的声音在偌大的殿堂激荡回响，袅袅不绝。王的银发根根舞动，熠熠生辉。众人交头接耳，唏嘘不已。原来，那个带有传奇色彩的故事的真实情形竟是这样的。

"王……"偃师仰望着王，无语凝噎。

"人是不能取代神的！"一个冰凉的声音传来，每个僵硬的字如冰雹般掷地有声。那幻术师幽灵一般出现在偃师面前，阴鸷的目光攫住偃师坦然的双眸，"人就是神所创造的，人却想制造出神所制造的东西，这实在太好笑了，哈哈哈……"

这放肆的狂笑把殿堂变得灵堂一样肃静。

"人的骨、肉、血分割开来，就都是没有灵魂的死物，而它们组装起来却有了智慧。我们为何不能用无生命的木头、金属制造出有意识的机器呢？"偃师平静地诘问幻术师，"不像你，虽然拥有可自由活动的肉体与貌似强大的法术，但你的灵魂完全不能理解这种能力的奥妙。从这层意义上说，你的灵魂早已死亡，你滞留在人间的不过是一具行尸走肉，你只是法术的奴隶罢了。"

稷下学士们闻此言，全都肃穆地端正身子，他们的行为全都是自发的、下意识的。偃师的话里有一种精神打动了他们，也感染了我。我心里，一股热流在沸腾，在奔突，冲击着我不住搏动的太阳穴。

"嗬！"幻术师怒吼一声，斗篷下蓬乱的长发被震得飘了起来，黑袍上下笼罩着一层无形的戾气，令人窒息。众人突然一阵眩晕，大殿里凭空降下一个硕大无朋的火球，伴随着一声轰天巨雷，向偃师直直砸去。殿堂里响起惊恐绝望的叫声。

偃师平静地仰着皎洁的脸，那火球却没有落下，球表的烈焰距离他的鼻子不到一拳。火球的炽光渐渐黯淡，散发出的逼人热焰也逐渐褪尽。幻术师挥舞着他的双手，全身颤抖。

"你先完成你的使命吧。"偃师轻松地说。

幻术师像是被击中命门，颓然瘫倒在地，火球像是被一双无形的手掐灭了，化作张牙舞爪的青烟笼罩在幻术师的身上。

偃师面向王，说："这个人的到来想必是奉了他主子的命令，向陛下传达一个消息。他主人的意思一目了然：如果我们不能解读这些符号，我们也就不必进行下面的步骤了。"

"他主人是谁？"王道出了我们心中的困惑。

"还是先解读这些符号吧。"偃师神秘一笑，把他带来的机器展示在大家面前。这台机器最显著的特征就是有突出的吻部，张着一张黑黢黢的大嘴，整体就像一只大蛤蟆。

"这是什么？"王小心地触了下"蛤蟆"的嘴，似乎担心它突然两颌大开，把他的手吞下去。

"这就是蛤蟆。"偃师调皮地说，"它的嘴是一个输入口，它的屁股是输出口，只要我们把写有文字的绢帛扔给它吃，它就会排出我们认识的文字。多年前我就注意到方士、巫婆们在使用一种奇怪的符号，这种符号来自远古，据说起到的是沟通神人的作用。我想如果我能够破译符号的含义，就能使我们了解到远古的一些信息。于是我潜心钻研，终于发明了它。"

"神的旨意真的是能破译的吗？"王露出神往的表情。

"神不过是比我们高级的生物而已。之于孑孓蜉蝣，我们人不也是神一般高明的事物吗？同样，法术也没有什么了不起，只是一种高度发展、超乎我们理解的技术而已。"偃师的话在我们的对面引起一阵愠怒的喧嚣，但他没有理会，拍拍他的蛤蟆，说，"它的工作原理是这样的：识别、计数、存储是它的三个基本功能。首先，它分析出我们华夏文字的使用频率，比如'之'字，它在华夏文字里面的使用频率排第一，再根据频率排定其他文字的序位。它再分析出鬼符文字的使用频率，我总共收集了三十牛车的桃符、天书，把它们全部塞到它的大嘴里，得到了鬼符文字的使用频率。那么排名第一的符号的含义理当是'之'了。虽然这样破译出的文字存在舛误，但从一千多种组合中选出正确的组合是完全可能的。因为语言本身就存在自我验证的功能，前后文的互相映照是一个不错的纠错手段。[①]"稷下学士们赞叹不已。我心中暗叹：这种方法与王推断出《山海经》是楚人的作品的原理是多么相似呀。它们都是通过大量的统计来发现规律。

---

① 这在密码学上叫频率分析法，公元十六世纪晚期，英国的菲利普斯利用此法成功破解了苏格兰女王玛丽策划暗杀英国女王伊丽莎白的密码信。

偃师把那卷羊皮纸扔进蛤蟆嘴，蛤蟆肚子立刻响起机械的震鸣，就好像空瘪的肚子发出饥饿的咕噜声。不一会儿，蛤蟆屁股就吱吱吱地吐出一卷绢丝，上面密密麻麻地写满了华夏文字。

"昆仑之巅，青鸟之所憩。有西王母，居帝之宫……"王读出开头几行字，便止住不读，随目光下移，神色越发凝重。偃师根本没有看绢丝上的内容，却胸有成竹地仰着头，望向半空，仿佛在他的世界中，金銮殿穹根本就是透明的，蓝天上飘着流浪四方的白云，天边响着牧人的吆喝……

"王将征犬戎，祭公谋父谏曰：'不可。先王耀德不观兵……'"

史书是这样记载这段历史的。我们无法从如此精简的文字中揣测真实的情形，正如我们无法通过王的做法去理解王那颗不服老的心。不管朝中大臣如何反对，国中百姓如何非议，王就像一个任性的孩子一样坚持他那似乎是心血来潮的疯狂念头。当他这样做之后，他的确焕发出几分青春的色彩。其实，稍有头脑的人也会明白：王征讨犬戎不是为了开辟新的御苑供他游猎，那黄沙万里的不毛之地之于大周一无用处，但是征服了它，就打通了一条通往西方的道路，西方可是一片云蒸霞蔚的神秘天空啊。

王将西征，不出一月，大周没有哪块土地不在传递这个消息，为王挑选御夫骏马的专驾在驿道上激起滚滚尘土，为王推荐人才、寻求隐士的大夫在街间巷陌奔走如织。

王出征的时候，八匹名叫赤骥、盗骊、白义、逾轮、山子、渠黄、骅骝、绿耳的宝马拉起华盖大车，御术名扬天下的造父为王驾车，参百为驭手，力士柏夭主车，巨人奔戎为车右。

大周最有智慧的一百个人分乘在五十辆马车之上。与上次殿试不同的是，这些人里面没有一个方士、羡门、巫觋、幻术师。我坐在王旁边的华丽马车之上思考这个现象时，感觉到塞外的风里夹有泥土的暖意及种子萌苏的气味。我难以按捺内心的激动：作为一名堪舆师，我却从未有机会亲赴梦魇般的西域实地考察。这一次，我终于可以为《山海经》注上完美的注脚，甚至补缺填漏。不仅如此，我还将领略王所关注的那个方向。王站得那么高，他的视野总是超乎我们的目力与想象，甚至超乎我们的历史与见证的时代。在王的视力所及，时光将回溯一千多年，那是一个烛龙烛九阴、共工触不周、夸父逐日、被除蚩尤的神话世界呀。

王立于轩辕之上，眺望西方。朔风中，他飘逸的银发像一面军旗一样猎猎有声。夕阳拖长了他高大的影子，那风骨峻拔的身影踽踽独行一往直前。

"吉日甲子，天子宾于西王母，乃执白圭玄璧，以见西王母。"我在竹简上简洁地写道。启明星在地平线上出没了三百三十次，马车的辖辘更换了三个，我记录的竹简装填了一马车后，我们来到西王母的国度。

"这或许也是九天玄女、藐姑仙子的国度。"王告诉我。总之，这不是人间的国度。事实上，一个月前我们就以为已经抵达这个移动的国家的疆界。在一场夷沙平丘的风暴后，当那个耸峙云霄的巍巍标志降临在我们的视野之时，世界在一刹那陷入沉寂，陷入光影浮动的海洋。我们在那一刻忘了欢呼，忘了回忆，忘了联想，只剩下痴痴的凝视、震撼、感动。这一切都在默契中进行。

"昆仑！昆仑！"突然，有个人叫了起来。

引路人的脚步突然变得凌乱紧凑了些，然后他双膝一软，跪在松软的沙地。我们的队伍立刻乱了。马匹惊慌地嘶鸣，拼命地蹶着蹄子。训练有素的御夫完全忽略了他的职责，一律呆若木鸡地立着，甚至连自己什么候从失控的马车上跌落也不知晓。众人在这突如其来的混乱场面下遗忘了世界，遗忘了自己，更没有察觉什么时候有一道金色的光芒，从那昂藏于天地的擎天一柱中涌出，蔓延，席卷，直至吞没整个世界。大地刹那间变得神圣，以至于每个人移动一小步都颤颤巍巍、小心翼翼，心中充满了虔诚与敬畏。

我们并不知道我们看到的只是昆仑的最高一级：曾城。它通体金光闪闪，掩映在谲诡奇伟的云海之中，若隐若现，遥不可及。它终非人间的艺术品，从略窥一角到一览全貌，非得耗去千里骏马一个月艰难辛苦的跋涉。

阆风、玄圃、曾城，自下而上，层峦叠嶂，珠玑镂饰，拔地而起，曾城和玄圃已没入云霞。我们站在阆风的阴影里，垂头盯着自己的脚尖。我不敢抬头去望那擎天一柱的尽头，因为我害怕大地在我抬眼的一瞬间失去平衡，在阆风的重压下沉陷。有时，我又狐疑地环顾，似乎脚底踏的不是地面，而是阆风漫无边际的黑黢黢的表面，而我只是一只渺小的壁虎，立在一堵摇摇欲坠的墙上。我突然明白为什么纬书舆图上一律把昆仑定为万仞，因为在这样庞大的身躯前，任何敬业的堪舆师都会失去测量的勇气，他手里拿着的皮尺只会令他徒增羞愧。他更无法参照周围的山峦，在此处，躲得远远的山峦就跟脚底下的砾石一般不值一提。任何原本伟大或微小的事物在这惊人的参照之下，只剩下同一种意义——渺小，变得都可以忽略不计。

有一个空灵的声音袅袅传来，许多人扭转脖子去寻找这个声音的源头，又捂捂耳朵，似乎对听觉产生了怀疑。他们不知道，这个声音根本没有方向，它来自四面八方，不紧不慢，有如潺潺流水，婉转清澈，却完全不是来自丝竹管弦。它深深地攫取了众人的注意力，直到一个御夫用大梦初醒的声音喊道："那里！"

这个声音及时提醒了大家，却可恶地破坏了梦境般的气氛。因为那个人的出现只可能是在梦中，才子骚客们顿时发现辞赋里曾经令他们如痴如醉的华丽文采是如此肤浅，那根本不是人类的语言可形容的美丽。不必提醒，众人不约而同地在第一时刻明白了她的身份：仙子，神女，九天玄女，西王母。毋庸置疑，称号虽然五花八门，所指却是唯一。她身着霓裳羽衣，沐浴着五彩缤纷的花瓣与烟云从天而降。有人伸手去接那零落的花瓣，掌心里却只剩下一团斑斓的彩光。一个珑璁般的声音传入众人心田：

"尔等何人？"

众人面面相觑，彼此的表情证明那仙音并非幻觉，可是她的嘴唇分明是紧闭的，那唇线优美的弧度只要望一眼就让人失去正视的勇气。

"东方巨龙之国周五世王姬满率国人拜谒西王母。"王声朗气清，欠身作揖。

西王母左右闪出两个黑袍术士，一乘夔牛，一乘貔貅，面容狰狞，神情鸷冷。其中一人喝道："万里迢迢，直犯天国，所为何事！"

"有一个问题，想要请教无所不知、先知先觉之西王母。"王恭敬地说。

西王母波澜不惊的面容皎皎似月，让人忍不住想要一亲芳泽，去激起一池涟漪①。我突然为这一罪恶的念头切齿痛恨起自己。

"请讲。"那天籁如春风拂面，沁人心脾。

"传说创世之初，世界是一团混沌，阴阳不清，昼夜不分。人民愚昧无知，直到一天神人乘星槎造访神州，授书先祖黄帝、颛顼、帝喾、神农，教他们一些基本的生存技能，还有一些超乎他们理解的学问与技术，比如河图洛书、易卦与幻术。世界因而从浑噩中醒来。按照神的旨意，一种强大的秩序建立起来。华夏子孙敬畏这种秩序，虽然他们完全不能领悟这种秩序的奥妙，但这并不妨碍他们把窥得一角的阴阳学、法术、道术、占卜大行其道。神的帮助曾经给这个黑暗的世界带来光明，但是今天，这种古老的秩序与社会已难合卯榫。我作为大周王室的继承人，意识到在这个时代将有一种崭新的秩序取而代之。今天，我所带领的这些人，将向您证明他们有足够的智慧建立新的秩序，我们不再需要神的干预！"我们在王慷慨激昂的陈词中不由得挺直了脊梁。

---

① 西王母在《山海经》里是"虎齿、豹尾、蓬发"的狰狞面目，但按她们的科技水平，基因工程美容术不过是"小儿科"。所以后来，连汉武帝都对"光仪淑穆"的绝世美女西王母想入非非。

西王母的嘴角挂着一丝恬淡的笑意，弥久不散。

"哼！"骑夔牛的术士冷笑一声，"你们的智慧？人类可怜的脑袋瓜子具有智慧吗？"

"人若是不思考，就比一株蚰蜒草还可怜。这就是人的智慧。"一个声音说。

术士气汹汹地去寻找这个不卑不亢声音的源头，他们凶神恶煞的目光最后照在偃师光洁的脸上，被反射得一干二净。

"尔有何能？"

"我可以制造出活动的木偶，将来我肯定能像神一样制造出具有自由意志的机器来。神又有何能？"偃师无畏地正视西王母。

"放肆！"骑貔貅的术士红发上指，怒不可遏，"无知顽童，竟敢诋毁神的智慧！神长生不死，变化无穷，无所不晓，无所不能。"

"世上没有无所不知的智慧。因为若是对明天的一切洞悉幽微，便不能体会今天的幸福。"偃师平静地说。他瘦削的身子立在昆仑的阴影里，势沉千钧的气势一下子消除了我的失衡错觉。

"笑话！对神而言，世界的运动就像一道计算题，只要把一切物质的数据作为已知，将来就会像过去般展现在他眼前，预测不过是一种计算而已。"

"若如此，在下请教一个数术问题。"东郭覆上前拱手问道，"设有一个二乘方程，方程内置天元、地元、人元三元，各前系数为七十一、一十二、二十五，请问解得天、地、人三元的根为多少？"

他话未落音，便被西王母冰冷的话打断："这个方程根本无解。"

东郭覆羞愧地退下，他研究三元二乘方程二十年，不知捻断了多少根胡须才证明这个方程是无解的，而西王母仿佛不必思考就道破其中玄机，反应之快间不容发。

我心中没来由地充满了勇气，清清嗓子问道："我听说圣人胸中自有万千沟壑，神人若上通天文，下知地理……"

"你想看看神州的地理？"她迅速读出了我的腹思，嘴角隐约地一翘。

空中突然涌现一幅地图。不！那根本不是地图，是图像，而且竟然是立体的！当我定睛一处，那地方仿佛洞悉我的想法，自动向我拉近放大。我看到连绵起伏的山脉，山脉中的山峰、山谷，山谷里的冲积平原……也许这根本不是真实的地理面貌，而是她随意制造的幻象而已。但是我错了，因为我很快就看到了熟悉的风物——平原上的房舍、田陌上的农人，甚至房舍里的桌椅。天，这不是我家吗？楚国东部的蒸野，万里之外一个不知名的地方，就这样清晰明了地展现在我面前。我倒吸一口冷气，黑暗让人害怕，我没想到光明也如此让人恐惧。这真是一门邪门的法术啊。接着，那立体投影又急速远离，影像越缩越小，直到凹凸不平的地面曲成球面……天，它竟然缩成一个天空色的圆球，我们生活的大地原来竟和天上的日月一样，是圆的，而且水汽氤氲，像一个水晶球。南北顺椭，其衍千里。古纬书上说的竟是真的。我羞得汗流浃背，恨不得躲到大地的另一面去。

左右黑袍术士得意地望着垂头丧气的我们，座下的怪兽也摇头摆尾，爆发出震悚大地的嘶吼。

王尴尬地环视四方，稷下学士、天文家、数术师们惶恐地低着头。四野的风停了，低矮的云紧贴着地面，夕阳西斜，昆仑无边无际的影子铺天盖地，把大地漆成了灰色。空气凝滞得令人窒息。

偃师无声地摇着头，众人注目着他。有人从他空洞的表情里读出了绝望，也有人读出了希望。

偃师端着一盆水，走到西王母的脚下，恭敬地放下，从锦罗香囊里抓出一把粉红色的花粉，撒在盆里，微笑着说："臣偃师侍奉神仙姐姐沐浴。"

众人惊诧地望着他，想笑却笑不出来。西王母雍容的玉面也禁不住飞上两朵绯云。就在这不尴不尬的时刻，偃师大声说："即便是最微小的事物，神也无法捕捉它的影踪。敢问西王母，您能预测盆里的每一粒花粉片刻后的位置吗？"

四周湛然静寂。

西王母的微笑霎时间融化了，破碎成漫天飞舞的花瓣。她的婀娜身体变得透明。众人使劲揉搓眼睛，不错，西王母已从虚空消失了。

众人正要寻找她的踪迹，一道漫卷大地的白光铺天盖地涌来，吞没众人痴痴睁着的眼睛。世界立即被黑暗取代，我的耳朵没有听到一点声音，因为耳腔已经被什么挤爆了。我全身的骨骼与五脏六腑则在翻江倒海地剧烈震动着。

不知过了多长时间，我才醒转过来，听到了一声喜鹊的欢鸣。我面前的大地空空荡荡。昆仑曾经盘踞的地方赫然出现了一个巨大的坑，坑底是一大片赭红色的琉璃，荡漾着脂玉般的晶莹光泽。于是，我在地理志上写下一个崭新的地名：瑶池。

"十七年，王西征昆仑丘，见西王母……天子遂驱升于弇山，乃纪丌迹于弇山之石而树之槐，眉曰西王母之山。"我按王的旨意在竹简上如此写道。

王说："这个故事留在史书上的痕迹要越少越好，因为那个绝地天通、礼崩乐坏的世界已经一去不返了，为了消除旧秩序的影响，你的记录应避重就轻、轻描淡写……"

后　记

"法术没什么了不起，只是一种高度发展，超乎我们理解的技术而已。"偃师说的这句话怎如此耳熟呢？没错，这正是克拉克定律的精髓：

魔法与高度发展的技术无异。历史上魔法曾经盛极一时，比如爱琴海上的克里特岛文明，传说一个邪恶的国王米诺斯用他无边的法术统治着地中海，连强大的雅典也得向他纳贡。要不是三千五百年前一场火山爆发吞没了克里特岛，今天我们在课堂上接受的教育可能就是哈利·波特在霍格沃茨魔法学校搞的那一套了。

东西方的历史总是惊人地相似，在中国浩如烟海的卷帙里也能找到一个魔法纵横的时代：周穆王朝。穆天子即位初，社会正酝酿着一场变革：所谓礼崩乐坏。在他之前，是一个烛龙烛九阴、共工触不周的神话时代，其中，绝地天通的传说更是一则寓言，昆仑象征着神人沟通的唯一通道，也暗示着文明的传承关系：神人授书人类先祖以启迪心智，开化蒙昧。但是随着社会的发展，这种神所建立的秩序已经成为智慧的桎梏，人类对神的敬畏演化成对法术的迷信。神话繁荣、魔法横行的背后是人民的愚昧、创造力的停滞。使用麻烦的十六进制、舛误百出的古历、繁缛僵硬的礼乐体系……这一切不能不让这位大周王室的继承者忧心忡忡。穆天子所处的位置注定他的孤独和他的彷徨。但这位以游猎闻名于世的年迈国王做出一个似乎孩子气的决定时，一个百家争鸣、万马奔腾的时代被燎着了，这个时代是如此璀璨夺目，以致不得不用一个勃勃生机的季节和一个收获累累的季节来命名——春秋。我们应注意到一个事实：中国没有像西方那样形成一套完备的宗教体系，神的权威不知在何时被颠覆了。

偃师，作为穆天子的伟大知音与得力助手，是那个时代智慧的象征，是科学精神的完美注释。文中借术士之口所宣扬的决定论"世界的运动就像一道计算题，只要把一切物质的数据作为已知，将来就会像过去般展现在他的眼前，预测不过是一种计算而已。"是十九世纪很流行的一种学说。而偃师运用简洁明了的布朗运动原理击垮了这个谬论。布朗运动越是简单，就越是反衬了这个理论的羊质虎皮，是对神与神的决定论的无情嘲弄。他说："人若是不思考，就比一株蚰蜒草还可怜。"蚰蜒草即蓍草，是占卜的工具。本是没有思想的死物，却因为玄奥的谶纬术而被赋予了神的意志，不容自由意志亵渎它的权威。人若不思考，就是同样不会思考的蓍草的奴隶，比草芥还要下贱，人之所以是万物之灵，在于他会思考。人的尊严全在于此。这使我想起帕斯卡尔的箴言：人只不过是一根苇草，是自然界最脆弱的东西，但他是一根能思想的苇草。

◆ 第19届银河奖科幻小说奖获奖作品

永不消逝的电波

拉拉

时间是：标准时间 +1000 亿秒。

"开拓者……嗞……在你的前方……嗞……确认……"
"……嗞……建议改变轨道……它看起来很不稳定……嗞……"
"改变航向，77-1045-37-……嗞……"

环境音效发生器发出一声无奈的哀鸣，关闭了。空间骤然陷入一片黑暗，连接插头里的能量也如同退潮的海水般消失得无影无踪。应急灯立刻亮了起来，将房间投入惨绿的昏暗光影中。

尼古拉徒劳地伸手在面前划拉几下，没有任何反应。看来这次是把"下流坏子吧"的总保险丝给烧毁了。

过了几秒，嗡的一声轻响，能量又偷偷溜回房间里，房间里响起一阵"窸窸窣窣"的声音，那是时空正在偷偷地转回现实空间。尼古拉叹了口气，身体微微一挺，接驳在两肩的灵敏型调节机械臂同时松开，微微喷着润滑气体，缩回墙里。他光溜溜地站起身，左手和右手从储物柜里飘出来，接上他的肩膀。

尼古拉咳嗽一声，那声音立刻在四面八方响起来，吓了他一跳。他的语音系统还接驳在小房间的公共频道上，忘了收回来。

看来在这个以千万秒为刻度的时空泡上，已经很难再深入地追查了，而且恐怕某人也绝不会让他追查下去了。

他悻悻地走出娱乐室，卡格看见了他。卡格的身体正在娱乐中心的另一面处理故障，于是他在尼古拉面前打开了一个浮空窗体，气急败坏地跟着尼古拉往外走。

"嘿！我说你！见你的鬼去吧，小兔崽子！"卡格热情地向他打招呼。娱乐中心的贩子通常都恨不得顾客一直烂在某个角落里，只要一直往账上打钱就行。尼古拉是卡格唯一的例外。他在30万秒前就宣称，如果"下流坯子吧"再次能量过载，他就要把尼古拉倒着扔出去。看来是他实践诺言的时候了。

"好吧，"尼古拉边走边说，"我走。"

"你就不该来！瞧你干的好事——你一个人用了6万氪能量！我真不知道你是怎么干的，用嘴嗑吗？"

"我用了一下时空泡而已。那不是你们的设备吗？"

"我们不用那玩意儿！那是用来糊弄电检处的！"

"我上别家去。"尼古拉说着，一面快速地穿过"下流坯子吧"的狭窄巷子，他的身体的其他部件奋力赶上他，回到各自的位置。他的听觉系统最后一个回到脑袋上，这时候，他听见卡格在后面喊："那你干吗不去'老实水手吧'？他们有100套时空泡，最小刻度1千秒！足够你精确定位到你出娘胎的时候！"

尼古拉停了一下，花了几秒钟时间来考虑这个建议。老实说，他很感动。因为"老实水手吧"是本地另一家大型的娱乐中心，规模比卡格的"下流坯子吧"还要大，而且，毫无意外的，老板是卡格的死对头。卡格一时冲动说出这种话来，事后肯定会后悔很久，而且把自己的逻辑判断单元送到工厂去维修。

"好吧，我去。"

"愿老天诅咒你！"卡格跟他告别。

凭良心说，"老实水手吧"的确比"下流坯子吧"高档得多，令人惊讶。走进前门大厅，你几乎能遇见城里的每一个人——当然，得除去上"下流坯子吧"的人——人人都面带急色，匆匆地想要进入自己预定的世界中去快活。他们把自己的下肢、躯干和推进器留在存物间里，塞得满满当当，那里面应有尽有，足够装配一艘空间飞船了。吧台的服务人员显然对这种状况感到满意，因为那代表他们的客户正在他们的刷卡机上源源不绝地透支。

尼古拉把后肢推进装置留在车库里，慢慢走向前台。前台服务员向他堆出一脸媚笑。

"尊敬的先生——"

"我要用一下你们这儿的时空泡。"尼古拉用他那少年沉闷的声音说道。

"哪一种型号？"服务员顿时笑花了眼。

"哪一种都行。"尼古拉说，"我只需要在一处完全干净、无打扰的空间，可以在以千秒为单位的时空里来回搜索空间背景信号就行。"

服务员的笑容僵滞了几秒钟。

"嗯……您需要来一些特价的特色服务吗？"

"不。"

"时空泡可不便宜，"服务员微酸地说，"如果不需要其他服务，我们可得有个保底价……"

"好的。"

服务员把一块牌子扔出来。"往里走，3775 层，1190 号，"他简单地说，省去了一切虚伪，"1000 块 100 秒，不包茶水。"

房间里一片黑暗，尼古拉花了好长时间才在黑暗中摸索到座椅。用拉斯龙皮做的椅子又硬又凉，他躺上去，身体稍稍陷入，感觉到一些东西慢慢爬进自己颈后的皮肤，一缕凉风吹入自己思维的深处。

他的意识和房间的控制平台接驳上了。尼古拉耐心地在平台上寻找开关。

突然亮起一丝光，就在离他不远的地方。那丝光线是一束从天花板拖到地面的笔直的光，光线慢慢变得宽阔起来，原来是落地窗前的窗帘拉开了。

屋子里亮堂起来，很快便达到了耀眼的程度。位于第 3775 层的房间已经超出了行星"拉修姆"稀薄的大气层外围，双子星"普拉迪斯"和"拉格里奥"同时无遮无蔽地出现在天际的右上方，把它们的万丈光芒投射进来。即使尼古拉的眼球外围生成了黑色保护膜，他也花了很长时间才适应这可怕的光能辐射。

尼古拉站起身，走向窗前。行星拉修姆黯淡的地弧线在身下很远的地方，只反射出微微的橙黄色光芒。除开双子恒星，天幕上看不到几颗星星，在银河的这个偏远角落，能看到的星星实在有限。在前方几毫光秒外，他能看见太空城"Putian the 3rd"孤寂的身影；更远的左下方，他甚至能看见壮观的"Tasha"尘埃云——它巨大的身躯在距离联合星系不到 2 500 光秒的远方旋转，正在形成新的行星，围绕在双子星系周围的星尘受它吸引，形成一道长达数千光秒的水幕，正源源不绝地倒入尘埃云的旋涡中。

这倒真是个好地方。尼古拉微微一笑。在整个星球上，也许再没有比这里更好的地方了。

他重新坐回椅子，将两只胳膊从肩上卸了下来，接上房间提供的时空泡控制手臂。这两只新的胳膊可不轻，而且和他的身体有些排斥，他花了好些工夫才打开所有控制窗口，依次开启时空泡的各项开关。

房间微微震动一下，脱离开大楼向外空飘去，但是并没有走多远。一种难以言喻的紫色光芒包围了它，然后将它融解——时空泡在引力导索的牵引下，缓缓滑入了时间的长廊中。

从表面上看，似乎一切如常，但若细心观察，遥远的"Tasha"尘埃云开始古怪地旋转起来，有时候顺着旋转，有时候逆着旋转。横过天际注入其中的水幕，也变得模糊起来，看起来几乎是同时流入并且倒着流出尘埃云。

这一切都取决于尼古拉的右手手指。当他轻轻拨弄的时候，时空泡就在大约3000亿秒长的时间轨道上快速地来来回回——这是游戏街机能达到的最大尺度了。主要是能量问题。这房间惊人的费用一大半都花在可怕的能量消耗上。

他把时间定在约1000亿秒之后，投下重力锚，时空泡在扭曲空间的缝隙处微微摇摆着。他卸下控制手臂，将自己在无线电兴趣小组里组装的接收臂装上身体。来自宇宙背景深处的杂乱信号立刻充满了他的脑海。

耐心搜索——那个频段非常特殊，没用多久，信息便从一片噪声中浮现出来——

"达·迦马号……嗞嗞……这里是开拓者号……嗞……我们距离……大约11000光秒……我们能看见通道，前导火箭开辟的道路非常清晰……星环在我们6-2方位大约3000光秒……"

"开拓者，请再次确认轨道。轨道平面有大约1.5%的偏移。"

"达·迦马，我们能看见。非常清楚。我们能穿过星环。"

"开拓者……开拓者……嗞……开拓者号！刚才的通信中断是怎么回事？开拓者号，请回答！"

"这里是达·迦马，开拓者，请回答！"

信号在这里中断了。尼古拉脸上露出得意的微笑，他成功地追上了那个信息源。看样子，在1000亿秒之后，"它们"还在路上。

现在该说清楚了——实际上，尼古拉是一名"倾听者"组织的隐修会成员。

在"普拉迪斯－拉格里奥"联合星系，花样百出的组织多如繁星，但像倾听者这样的组织还是凤毛麟角，颇受人崇敬，因为这个组织一度是拉修姆繁荣进步的依靠。

拉修姆人并非拉修姆星球的原住民——真正土生土长的拉修姆种族已经全部上了他们的菜单。大约1800亿秒之前，拉修姆人的祖先横渡浩瀚银河，从一个不为人知的地方来到联合星系，然后，与所有同类型的小说一样，飞船在登陆拉修姆时出了故障——如果硬要把穿越了数千亿光秒宇宙空间、早已破烂不堪的飞船一头扎进地里称为"登陆"的话。在那场登陆中，拉修姆人损失惨重，幸存者寥寥无几，几乎没能从大火肆虐的飞船中抢救出任何有用的东西。

拉修姆星位于银河外缘，与兴盛发达的银河文明遥遥相隔。行星同时受到两颗"太阳"的煎烤，对任何有机体而言都如同地狱般灼热。几百亿秒过去，已经失去一切能源供给的幸存者们不得不远离他们的飞船残骸，向稍微黑暗凉爽一点的大陆深处流浪。没有了文明载体，幸存者们几乎渐渐遗失了过往的一切，语言、技术……甚至包括前来拉修姆星球的经历。他们在拉修姆上过了好几百年跟土著动物争吃对方的生活，如果这种生活持续下去，幸存者很快就只能从石器时代开始从头再来了。

所幸的是，幸存者保留下来的为数不多的古老技术中，包括了深空电磁波接收这关键的一项。"普拉迪斯－拉格里奥"联合星系远离银河文明的核心区域，在重新恢复技术文明、连接到文明网络之前，幸存者中的许多人长时间地倾听深空。他们接收、破译混杂在宇宙微波辐射中那些来自银河各个角落、数亿年都不会消散的电波，这些电波带来知识和文明，帮助落难的拉修姆人重新拼凑起文明。

200亿秒前，拉修姆人终于成功地重返银河文明圈，从那时开始，银河文明网成为连接这个世界与整个宇宙的桥梁，而倾听则变成了一种怀旧、一种高尚的情趣、一种无聊的打发时间的方法。这个组织的成员都是些修士——至少人们都是这么认为的。倾听者倾听宇宙中的一切声音，他们日复一日地改进他们的接收装置，分成许多流派，这些流派通常试图听清楚以下内容：

　　银河的呻吟声；大天鹅座钟鸣般的脆响；β-4星系连绵不断的踢踏声；"孤行者"行星划过天际时的嗖嗖声；牛头座星云里尘埃们的窃窃私语；巴·卡迁星系里那个奇怪种族不停的擂鼓声——他们不知疲倦地敲哇敲哇敲，以至于文明都中断了，最近3 000万秒再也听不到任何动静。最激动人心的是倾听克里克斯星云水河注入"Tasha"的轰鸣——这声音简直大得像宇宙爆发之初的巨响。喜欢这个调调的人都是苦修会成员，每过两个月就要更换他们的听觉系统，有的甚至还需要做心理辅导。

　　倾听给拉修姆人带来知识和财富，给拉修姆人带来无穷的乐趣，引领他们步入新的世界，但有一件事情被人们遗忘了：拉修姆倾听者从来没有听到过自己母星的声音。在漫长的星际旅行中，他们已经忘了自己是谁、来自何方、在从前发生过什么。他们开始称自己为拉修姆人，好像他们真的在这里出生、长大一样。

　　尼古拉，像我们前面说过的那样，是一名隐修会成员。这个会是所有倾听者组织中最保守、最传统的一个。虽然尼古拉看起来像个没管教好的小屁孩，穿得令他老妈难以忍受，成天出没于娱乐场所，然而命运是如此会捉弄人，大学时代，在一个歇斯底里的派对后，他神魂颠倒地把自己关在实验室里，结果，竟然制造出了一种全新的无线电接收装置。

　　这是一台"倾听过去"的装置。它只能接收600兆赫以下的"原始"频段电磁波段，在这个波段内，电磁波老老实实地在第一速度的限制下穿越空间。银河文明网是不使用这种频率的，而如果偏远地区某个尚未进化的种族使用这个频率，它也需要好几千亿秒才能在银河系中跨越一小段距离，运气顶了天，被一台类似的装置接收到。拉修姆人是依靠吸收先进文明才从泥坑中挣扎出来的，谁还会有心思去管那些说不定早就灭亡了的文明留下的只言片语？因此，这个频率接收项目——用一句大学里非常流行的话来说——很偏。没有人研究这个。尼古拉有幸成为当代唯一一个研究此项目的人，可以获得大笔经费，足够他逍遥快活地过一辈子。

尼古拉从人生的第一个叛逆期开始就喜欢上了"向后看"。他喜欢研究历史，倒霉的是，拉修姆人没有历史，也没有自己的文化和传统，连一家博物馆都没有。要想研究历史，你就得登录银河文明网。用 Goooooooooole 搜索"历史文化"这个词，可以产生 1 万亿个网页。可如果你搜"拉修姆的历史"，还不到 1000 个，而且其中 800 个都是介绍拉修姆独特的饮食文化。

这台疯狂的机器一定是从他的潜意识里爬出来的——它就提供历史，其他什么作用也没有。这东西能够从无处不在的宇宙背景噪声中，捕捉到那些细微的原始信号，每一段信号都代表着一段被遗忘的历史：那些也许永远消逝了的种族和文明，在消亡很多很多年之后，只有这些静电噪声在默默地诉说湮灭在历史中的爱恨故事。尼古拉把它们一一记录在案。谁知道在这里面是不是隐藏了关于拉修姆人前生的秘密呢？

他是在 20 万秒前发现这个奇怪频段的。这是一段包含了原始音视频的信号，它跨越了银河浩瀚的空间、前后数千亿秒，已经在寒冷的宇宙空间中损耗了绝大部分能量，他接收到它们实属撞大运。

起初，尼古拉并没有太在意这段信息。这种东西太普遍了，充满整个银河，好像所有的种族都迫不及待地向外高调宣扬自己存在似的。然而，听取几遍之后，他赫然发现，这是一段带有明显"拉丁语系"特点的信息。

银河文明网上链接了数以亿计的文明圈，所有的文明都通过两种语系进行交流："拉挈魏语系"，这个语系由 34 564 个表意和 47 125 个表音的词汇组成，十分复杂，但因为这复杂的语言体系能够描述银河中的大部分丑恶现象，因此为各文明圈所通用；"恰克恰克语系"，这个语系由一连串——没错，就是一连串，没人能数得清到底有多少个——一种类似于"呜""呃""啊"之类的元音组成，而实际上这些词毫无意义。交流者本身是通过这些语气词传递精神语言，在双方的脑海中形成真正的语系的。这个语系流行于靠近银河中央星群的一些智商高度发达的种族中，他们才不屑于与开口说话的种族交流呢。

而拉修姆人的母语则属于"拉丁语系"，也就是字母少于 60 个的语言系统。在黑暗时代里，他们几乎把母语忘了个精光。连上文明圈之后，拉修姆人全面倒向了"拉挈魏语系"，原因很简单，"拉丁语系"由不到 60 个表音的字母组成，由此产生的语系实在单调，在银河这个大圈子里，连骂人都不够。只有靠近银河边境的少数未开化种族还在使用这种语言，这可使他们少浪费时间在口沫横飞的说话上，再说了，在那些以光速为最高时速的世界里，传递复杂的语言纯粹是跟自己找没趣。

尼古拉研究过"拉丁语系"，这是他的嗜好之一，帮助他在倾听"过去"时，能够比较快地理解那些被监听到的只言片语。他听过的那些落后种族的语言，有时候真能把人烦死，哪怕是经过语言机器的再三净化，也摆脱不了里面混杂的各式俚语、脏话和问候人祖宗十八代的套话。低等种族都用"拉丁语系"，这几乎成了进化上的一景。似乎在跨进文明圈的大门之前，低等种族都被限制了语言发展的上限，他们只能祈求上天，能让他们用那贫瘠的语言把思想表达得更准确一些。

以下是尼古拉收到的这个频率的第一个信息段：

"远行者 6 号……嗞……这里是莆田港……深空激光导航信号已经发

射。"

"明白。信号清晰。远行者 6 号请求离港。"

"远行者 6 号，港口已经打开，100 秒后离港。"

"远行者 6 号明白。常规发动机开始点火倒数！"

"嗞……嗞……"

"远行者 6 号……1 100 秒后启动增压发动机……嗞……"

"莆田港……嗞……我们上路了……我们上路了！"

"祝你们顺利，远行者 6 号……你们将在 600 秒后切过黄道面……2 000 秒后，太阳风帆将完全展开，展开宽度 5 000 千米，角度 37 度，接受太阳辐射 70 毫焦……太阳风将吹动你们，提供给你们穿越宇宙的动力……6 万秒后，你们将进入沉睡状态，太阳在你们身后遥望，在此之前，请确保船内所有设备正常……嗞……我们无法确知你们复苏的时间……30 亿秒后，你们的速度将达到光速的五分之四……嗞……失去太阳风的吹拂之前，航行电脑将会寻找到新的动力……目标是……孟菲斯大裂谷……你们……嗞……将在 500 年后离开我们所处的旋臂，到那时，你们将不再有天，有年……秒将是你们穿越茫茫星海的唯一度量……故乡在你们身后，然而直到世界的末日，你们都无法再返回……嗞……远行者 6号，永别了。"

"永别了……泥土。"

相对来说，这段信息所包含的有效数据并不太多。综合其后陆续收集到的信息，尼古拉花了很大精力，才从这些口齿不清、含混不清的发音中分离出 5 个元音和 21 个辅音，一共 26 个"基础字母"。他的翻译机指出，这些字母能组成全部共约 20 万个有效词汇——纯粹得不能再纯粹的拉丁语。追本溯源，这段信息来自银河 ч ш-4700 旋臂的外沿部分，距离拉修姆星 3 000 亿～3 700 亿光秒的距离。也就是说，这段信息的发送者，至少在 3 000 亿秒前，还存在着。

"远行者 6 号"似乎是这个种族第一次向数千亿光秒之外移民的先驱，它花了很长很长的时间才穿越它们的小星系，奋力进入一个孤寂冷漠、无边无际的空旷宇宙中。根据尼古拉后来的推测，它们走了一条极端危险的路：离开银河旋臂，直接穿越旋臂之间的空隙，去到另一条旋臂。这条路比从银河内部绕圈要近得多，问题是，对于初涉银河的人来说，这就好像离开江河，去到无边的海洋深处一样危险。

这个种族距离进入银河文明还有长远的路要走，从语言上就看得出来。它们的语言甚至不能直译"多层面对流凯拉迪斯引力逻辑环"这样的字句，非得说一句土得掉渣的"时空隧道"来形容。这种语系是如此古老，甚至需要在词组组成的表意句式中加入"时间语法"作为辅助，尼古拉一共分离出来 11 种"时间语法"，但他估计它们至少会用到 15 种以上。

穿越宇宙的无线电信息具有中大奖般的性质：它们需要穿越浩瀚的星海，穿越看不见的电磁场、重力陷阱、高辐射中子星……那微弱的能量在数千年后还能被接收到，本身就是一个奇迹。没过多久，不管尼古拉在他的设备上下多大功夫，在那个时间段上再也找不到任何一丁点儿信息。

只能去时间里搜索幸存的信息了。尼古拉在时间轴上向后走了大约 30 亿秒，很快便找到了下一段信息：

"远行者 6 号……嗞……信号受到干扰……我们不清楚你们能否收到这信号……我们很遗憾地通知你们，太阳风已经提前停止……嗞……太阳已经死亡……我们不知道发生了什么……海王星外轨道发生了奇异的变化……冥王星已经……远行者 6 号，我们已经向你们发送唤醒信号……等你们苏醒后，你们可以选择第二目标……远行者 6 号……嗞……"

信息在这里终止了。

仅仅 1 亿秒之后，情况似乎变得十分紧急，发布人的声音穿越空洞无助的时空，仍然显得紧促焦急——至少，尼古拉的情绪翻译系统是这么认为的——这段信息十分微弱，似乎发射它的设备已经缺乏必要的能源补充。

"远行者 6 号……远行者 9 号……先进舰队……深空探测者 7 号……离岸舰队……你们在哪里？……嗞……我们无法定位……时间很紧迫……奥尔特云可能已经消失……空间扭曲得很厉害，我们已经无法观测……有什么东西向星系（一个特定称呼，翻译机认为这是以它们的恒星命名的）扑过来了！有人吗？我们向你们呼唤……你们去了哪里？……请你们尽一切可能传回星图……我们无法离开，无法离开！大灾难已经……嗞……如果文明中断，谁来恢复？……我请求你们……"

这段令人毛骨悚然的信息的后半段永远消失在了浩渺时空中。尼古拉在时间轴上来回搜索，再也没有得到从银河那条旋臂传来的任何消息。那个文明已经在第一次出现的地方凋零，而一直到它们临近终结时，它们曾经发射进深空的那些舰队没有一支返回，或者传回星图。

也许曾经努力过……

也许根本没有时间返回……

也许那些舰队早就将它们的母星遗忘……

他打电话给银河那一头的朋友，问他那个旋臂小星系发生了什么事。"什么事？一颗超超新星爆发了，把一颗中子星像打乒乓球那样打了两万特拉斯远……发生了什么事？一颗中子星还能干什么？想也想得到，它吞噬了沿途的所有东西，后来再度爆发，变成了一颗新星……问这个干吗？"

"问问呗……"

"问问？"

"有一个小种族——"

"你是说，那中子星还干掉了一个小马蜂窝？"朋友在电话那头放肆地大笑起来。

"好吧，再见，特纳。"

"好。请我吃饭。再见。"

对大天鹅座 β 的特纳来说，也许一个边远地区的未开化种族还当不了院子里的马蜂窝。特纳属于亚拉罕人种，这个有着巨大身躯、长着令人难以忍受的齿状腭的种族向来以吃掉那些弱小种族为乐。但尼古拉做不到。这段信息在他的心灵深处引起不小的震颤，让他不由得想起拉修姆人从前那个已经消失了的、也许是被某个强大种族吃掉了的母星。他迫切地想要知道这个种族剩下的那些前往深空的人的命运。

他将接收装置对准银河黄道面，来回搜索，搜索范围从 100 亿秒扩大到 1000 亿秒。对于那些还没有进化完全的种族来说，这已算是一段漫长岁月。终于，400 亿秒后，接收装置再次在那个特定的频率上收到了一小段断断续续的信息：

"莆田 2 号……这里是搬运者 77 号……请求入港。"

"77 号，你的承重比太低。"

"是的。小行星安姆已经干涸，再也找不到矿源……我们需要补充能源，前往下一个……但愿我们能……"

"愿上天保佑我们，77 号……"

重新找到的信号表明，那个种族已经在太空中生活了很长的时间，甚至可能远远超出它们生命的长度。它们离通过多维度自由来往于银河的技术还远得很，可能只是通过某种冷冻技术来延长生命。据传说，拉修姆人在抵达这颗行星前，也是使用类似的技术，以至于在坠毁时，还有大部分人没有醒过来。"死了个痛快。"——传说用这句话结尾。

到目前为止，那个原始种族似乎只有当初的远行者 6 号上的乘员成功地存活下来。大灾难到来前，它们留在"泥土"上的母星文明也许曾绝望而狂乱地向空间发射了更多的飞船……可惜那些飞船要么没有躲过灾难，要么没有留下文明的种子，再也没有在银河系中留下只言片语。而其他提前飞离的飞船，比如远行者 9 号、先进舰队、深空探测者 7 号——尼古拉祈祷它们没有遇上特纳一族——也再没有任何回音。远行者 6 号幸运地在距离原旋臂最近的一条旋臂的边缘——很遗憾，离银河的核心区域更远了——的一个非常小的星系里定居下来，那是在 2000 亿秒之前的事了。

几百亿秒的时间里，它们小心地维护自己的文明，以小行星"暗星"为基地，不断地探索周围空间。但是，情况一天天变得糟糕起来。

"面向公众开放的……嗞……反应堆将在 2000 千秒后停止……"

"……殖民院对此表示遗憾……"

"嗞……殖民院……第七殖民卫星能量供应已经达到极限……请求立刻……"

"殖民院驳回请求……嗞……已经没有足够的资源用于供给新的外空探索……"

"殖民院……矿石工厂将要关闭……"

"我们没有适合的人选……"

"……公务会要求减少前往空间工厂的……"

"……我们没有足够的原料，继续供应空间项目……殖民院，我们要求削减空间项目……"

小星系里只有一颗昏暗的恒星和两颗足够居住的行星，而殖民者们的能量只能够维持它们不长的时间。这个星系里没有足够的资源，是一个典型的"无支持力"星系。听上去，它们似乎只来得及制造一个空间港口"莆田2号"，还不足以发展到星际旅行，资源就已接近耗尽。远行者6号的后代面临命运的考验，运气好的话，它们将永远停留在自给自足的未开化社会。运气不好……

尼古拉静静地等待着它们消亡。

几亿秒后，似乎已经到了决定命运的时刻。收到的消息，有的清晰，有的混乱。小世界正在前进与后退的巨大力量下分裂。

"达·迦马号，殖民院已经下令……嗞……做好立刻离港的准备。"

"莆田2号……我们正在尽力发动……"

"你们要立刻……嗞……接管港口内一切船舶的补给……"

"明白……"

"发射前准备，进入2000秒倒计时。"

"莆田2号！这点时间根本不够你们抵达舰上……嗞……我们必须等待……"

"来不及了……嗞……殖民院已经下令……远行舰队的成员来不及全部抵达港口……在这之前，我们就必须发射殖民2号……嗞……你们只剩下这个发射窗口……嗞……"

"达·迦马号明白。已做好发射准备……"

发生大事了。尼古拉猛然提起精神，没有再驱动时空泡快速向前。他只是静静地等待着——信号中断了2800秒，然后，再次收到消息：

"达·迦马号……你的速度已达到10万千米/秒……你的目标星图已经上传到主处理器……嗞……"

"明白。莆田2号，我们取道大裂谷，航向6-71-51，向SIPULITION

星系前进。22 000 秒后，转入光速飞行。"

"达·迦马号，你们确信要穿越大裂谷吗？星图不太精确……嗞……那段距离可能超出预期……嗞……"

"莆田 2 号……我们没有选择……嗞……没有足够的时间和燃料……我们只能冒险一试，否则……在我们穿越大裂谷后，将向第六纬度发射超视距定位信号。你们要紧跟我们……嗞……"

"……嗞……我们已经中断了与地面的一切联系……能量与物资供应已经中断……"

"他们退回洞穴，我们步入星海。"

"是的，达·迦马号……我们指望你们能……5 000 秒后，我们将登上殖民 2 号……嗞……我们将在轨道上等待……我们将沉睡，直到你们将我们唤醒……达·迦马号，你们将独自面对 3 万光年的茫茫星海。祝你们顺利。愿上天保佑我们大家。再见。"

"再见了……暗星……再见……人类。"

　　陷入了阶段式的无线电静默中。在其后的数百亿秒中，这个频段的背景辐射一直存在。达·迦马号孤独地向深空飘流，再一次效仿它的前辈"远行者 6 号"，穿越旋臂之间的空隙。在离开暗星所处的旋臂之前，达·迦马号偶尔会释放出它携带的行星系探测船"开拓者号"，探索沿途靠近的一些灰暗星球。它们总是失望。由于不可动摇的资源分配法则（这个法则在银河于远古自旋生成时就决定了），远离核心的银河外缘，既是星系灭亡的坟场，同时也是能量与物质湮灭的墓地。这里没有可供给的地方。这里的灰寒星群每分每秒都在向经过者发出亡灵的啧啧声，警告它们离开荒漠，回到核心。200 亿秒后，达·迦马号进入绝对空旷的宇宙空间，不得不停止此类活动，进入了长期睡眠中。

　　停留在暗星轨道上的莆田 2 号港口很快就被放弃了。在最后时刻，甚至有一部分港口的守卫被迫与港口同归于尽，才保证另一部分人顺利地登上殖民2号。但殖民2号飞船没有立刻离开小星系。在暗星的一个较远的轨道上，殖民2号的人们满怀希望与恐惧入睡，期待着被唤醒的一天。

那些留在暗星上的人类再也没有把它们的视线转向深空。

由于达·迦马号具有超越原始电磁波的速度，它将在宇宙中把它自己的信息甩在身后很远，所以，尼古拉不得不把时间一段一段向后退。需要同时计算空间与时间的关系，才能牢牢地抓住那道一闪即逝的电波。

770亿秒后，突然，某一天，达·迦马号的船员醒了过来，而且是在十分紧急的情况下。不知出于什么原因，船员们打开了公共广播系统，似乎是想将此时此刻的信息直接透露出去，让其他未知的接收者听到。

"……从现在的时间计算，我们已经偏离轨道2万……不，3.2万光秒……"

"不可能……重新校验的陀螺仪一切正常……在过去的770亿秒中，陀螺仪一直稳稳地对准……嗞……"

一阵嘈杂的声音。

"这是航行电脑在过去的200亿秒内绘制的新星图，这是我们在暗星上预测的航行星图……两者的差距已经扩大到……"

"……我要提醒你……我们的目标，是牢牢对准红巨星——现在它就在你我的面前。"

一阵可怕的沉默。

根据过往收集的资料，尼古拉估计达·迦马号上有200到250名船员，但做主的只有3到6人。其中一人被其他人称为"船长"，还有一人被称为"航行长"。巧合的是，"航行长"这个名字的发音与拉修姆星"总督"的发音十分相近。

上面发言的就是"船长"和"航行长"。航行长发现飞船偏离了轨道，而船长认为飞船几乎是沿着直线在前进，没有偏离目标。这场争论几乎在一瞬间就达到高潮，船上的乘客全部醒来，纷纷加入争论中。

尼古拉理解它们为何如此焦急。尽管出生在银河文明网的圈子里，但尼古拉研究过很多古代种族，以及它们试图穿越宇宙的种种尝试——在宇宙中，如果你没有对准"目标"，那么你就"什么"也没有对准。任何做常规飞行的飞船携带的物资都是有限的，一般来说，几乎就刚够抵达目标。而一旦你偏离航线，等到察觉，或许需要几千亿秒来修正你的错误，或者，走一条比这更远的路去抵达下一个目标。下地狱只需一秒，欢迎光临。

好多种族都灭绝在偏离航道上。"能回到窝的蚂蚁从来都不是大多数。"

简短的争论之后，它们冒险释放出开拓者号。在一片没有星图、没有参照星体的陌生空间中释放小飞船十分危险，如果稍有不慎，开拓者号连回到母船的机会都没有。

"嗞……但是连续星图定位表明，作为第二参照物的 H-η 1117 星系和第三参照物的独角星一直准确地停留在航行图预定位置上……主参照物肯定出了问题……"

"根据三比一原则……航行电脑可以判定哪个方位是正确的……既然……"

"那为什么我们会被航行电脑提前唤醒？"

"我不能……嗞……如果航行电脑判断这条航向正确……"

"……格罗夫……后面，殖民 2 号已经发射……他们的补给比我们还少，人员是我们的 10 倍……嗞……如果我们带错路……嗞……"

这后面是一连串电磁爆音，许多细节湮没在干扰信号中。等到信号恢复，已经是 1000 秒之后的事了——他已经烧掉了"下流坯子吧"的总保险丝，不得不流浪到他不喜欢的"老实水手吧"来。

现在，他重新找回了频率。但信息是那么模糊，在中断信息的 770 亿秒中，孤零零悬于辽阔深空的达·迦马号到底发生了什么？停留在暗星轨道上，却失去与行星一切联系的莆田 2 号港口、殖民 2 号飞船又发生了什么？尼古拉研究过星图，它们提到的大裂谷，其实是一条位于旋臂 чш-4971 与次级旋臂 чфю1277 之间的空间鸿沟。暗星位于 чш-4971 的外缘，如果走投无路的殖民者想要回到资源丰富的银河内部，最近——也是最空旷——的道路就是直接穿越大裂谷。

拉修姆星就位于大裂谷东端，收到这一连串信息，也许并不是偶然。

尼古拉把时空泡开回现实时空，向总台要了一杯饮料。他安静地坐在座位上，端着杯子。银河中的大多数种族，都是靠身体的虹吸管直接吸食流体的，就像"Tasha"尘埃云永无止境地吞噬着围绕双星的水汽那样，只有拉修姆人保持了一种怪异的方式，用容器盛水，然后用并不那么合适的嘴饮下。

现在，能否收到信息是一种赌博，与时间的赌博。根据"时空熵归原理"，某一固定时空泡不能够在一条固定的时空轨道上反复来回。时空是一种类似于面包般的固化物，穿越时空的努力，就像用一根针深深地插入时空面包，让它变形——时空"讨厌"这种变形，它会改变，以求维持时空的"惯性"。如果某个时空泡不断地"插进"某段时空，时空相对它而言就会收缩，最后还原成一个闭合环。换句话说，如果尼古拉不选择合适的插入点，而是任意挥霍他在这段时空上有限的插入次数的话，用不了多久，他本人就不能再返回这段时空，从而永远失去找到那个种族下落的机会。

在最后一条信息中，它们提到了某个星环——

"达·迦马号，我们距离……大约 1.1 万光秒——我们能看见通道，前导火箭开辟的道路非常清晰……星环在我们6-2方位大约3000光秒……"

"达·迦马号，我们能看见。非常清楚。我们能穿过星环。"

"开拓者号……开拓者……嗞……开拓者号！刚才的通信中断是怎么回事？开拓者号，请回答！"

尼古拉叹了口气，连接上银河文明网，开始搜索大裂谷。

大裂谷是银河中一片孤寂空旷的荒野，几乎没有星系，只有一些奇怪的星体和暗星体。这些非恒星物质是怎么来到荒野中的，就连高度发达的银河文明都解释不了，也许它们只是一些由于某种原因被抛出自己星系的宇宙流浪者，然后被大裂谷中那片"绝对黑暗"物质所俘虏……这只是一种猜测。关于那"绝对黑暗"，银河文明已经争论了很久，目前所知的是：第一，那里有东西；第二，那东西完全不能被任何探测仪发现；第三，发现这东西的唯一办法，就是冒险做穿越大裂谷的次空间跳跃，然后变成别人眼中一道一闪而逝的光……

"绝对黑暗"，到目前为止，只对次空间跳跃的东西产生威胁。换句话讲，它就好像是大裂谷悬挂的一块"此地禁止跳跃"的交通警示牌。银河文明很快就接受了这种警告。反正，大裂谷毫无价值，谁也没闲心花2000亿秒去穿越它看个究竟。

它们正在穿越它的道路上。最后结局如何？尼古拉需要做出一张计划表，在时空熵归之前，他也许只剩下三四次空间跳跃的机会。

饮料喝完后，他做出了决定。与其盲目地搜索时空，倒不如紧紧跟上它们的步伐。大裂谷中拥有星环的宇宙天体只有三个：红色巨星Sislan（这是一颗已经死亡的恒星，可能是被某个超新星放逐到这里的残骸）、蓝色巨星Erlen'rad（它几乎不发光，但其剧烈翻滚的双层表面产生的强磁场让星球表面布满强电流，发出微微蓝光）、行星Balard（一颗石头）。

三个星体分布在大裂谷中相距遥远的角落，无线电传递到拉修姆的时间相差上百亿秒。

它们会去恒星，还是去行星？

尼古拉把接收器对准了行星 Balard，时间是 1 100 亿秒之后。他停下时空泡，静静等待。过了很久，接收器里连该频道产生的"微能量泄漏辐射背景音"都没有。尼古拉心里一凉：难道它们竟然会去恒星的星环？

机会已经浪费一次了。他调整时空泡时脑子都紧得发颤。1 007 亿秒后，从 Sislan 传来的电磁波即将抵达拉修姆。一阵沉默后，突然，响起了电磁波的微响：

"嗞……嗞嗞……"

"嗞……达·迦马……我们已经……穿越星环……红巨星……"

"开拓者……嗞……"

"达……嗞……我不知道该怎么解释……你们不能相信……"

"开拓者……发生什么事了？你们的飞行曲线很危险……会正面撞上红巨星……开拓者……"

"不！我们航向正确……我想是正确的……达·迦马……我们将迎上红巨星……"

"开拓者！你们疯了！"

"达·迦马号……红巨星没有重力偏移，重复一遍，在我们的坐标上没有重力偏移……"

"那并不代表红巨星不存在！……嗞……红巨星的引力扭曲场可能在另一个维度……我们现在不是 20 世纪……不要相信直观的……嗞嗞……"

"达·迦马……我们正在冲向红巨星……必须要做出尝试，否则跟在身后的殖民 2 号就全完了……我们宁可……嗞……我们正在下降……下降……距离红巨星 2 光秒！"

"阿列克斯！不……不！"

尼古拉闭上眼睛，等着从频道里传来船长绝望的声音。开拓者号是达·迦马号的前导船，而达·迦马号是从暗星逃出来的殖民2号的前导船。暗星已经堕落，如果这批人失去目标，那一切可就都完了。

几千秒后——达·迦马号的舰桥已经变成疯狂和崩溃的地狱——重新响起了声音：

"达·迦马号……迦马号……这里是开拓者号……听到请回答……我们在一片虚空中向你们喊话……"

"……"

"达·迦马号……你们在那里吗？或者我们已经不在原来的宇宙……我们不清楚现在在什么地方……达·迦马号……但是坐标显示我们就在红巨星的核心……"

"……"

"达·迦马号……30秒之后，我们将向空间发射一次电磁脉冲……如果你们能接收到，表明我们还位于同一维度……倒计时，13，12……1……"

尼古拉点起的烟，在黑暗中发出微光。前拉修姆文明留下的为数不多的习惯，就是烦恼时在嘴边点上一根燃烧的棍子，然后位于大脑前额的主处理芯片会让身体里所有躁动的细胞都安静下来。

此时此刻，在距离他数亿光秒之远、数千亿秒之前，达·迦马号先导飞船上，一定有人和他一样，在用嘴嗫着什么。等待命运现出真容的时刻，总是如此煎熬。

"……开拓者！我们收到你们发回的信号！清晰可见！……嗞……对你们的定位已经完成！你们……你们……你们在航向上……红巨星在哪里？！"

"达·迦马，这里没有红巨星，重复，没有红巨星……嗞……我们周围都是影像……难以置信……红得耀眼……我不知道该怎么形容……我们看不见星空……一切都被红巨星吞没了……"

"开拓者！请你确认你的位置！"

"……是的……确认信号已经发出……"

"开拓者……你们在红巨星里……我的天哪，发生了什么？……红巨星是空的？"

"……不……达·迦马……我认为这里根本没有红巨星。"

"什么？！"

"很难说得清楚……达·迦马……但是我猜测我们现在位于一个真实的宇宙投影中……我们进入红巨星中，但周围看到的全部是扭曲的红巨星表面……无论我们飞到哪里……都只能看到红巨星的表面……围绕在我们四周……现在向你们传回影像……你能看到吗？"

"开拓者……影像很清晰……我……我们不能相信……"

"达·迦马……我们迷路了……"

尼古拉跳出座位，给大学天文台拨电话。因为这是一通打往"过去"的电话（此刻，尼古拉本人是在现实时间的 1007 亿秒后。由于在宇宙中，电磁波的速度不能超过光速，因此会出现飞船将自身发出的信号甩在身后很远的情况。几千亿秒前，达·迦马号与开拓者号的通信，要花同样多的时间才能抵达拉修姆星，因此尼古拉不得不把自身传送到未来才能接收到这些信号），所以花了好长时间才接通。接电话的是他的同学，听声音，天文台大概在举办宇宙嘉年华，尼古拉不得不把声音调到刚好能听到的程度。

"红巨星？"

"Sislan。"

"导航星？"

"导航星？！"

"呵，别那么激动，一个天文习惯用语而已。它怎么了？"

这问题问得真好。尼古拉自己也不知道它怎么了。他斟词酌句："它……它是空的？"

"它是空的！哈！这就是打越时电话来跟我说的事儿？特克萨斯系的 Sislan 是空的！真惊人！你可以把这发现权转让给我吗？"

"听着，伙计，我不开玩笑。你知道我说的是大裂谷中的那个 Sislan。"

"你对星影感兴趣？"

"我不明白——"尼古拉一阵头晕。

"大裂谷中的 Sislan，我的老兄，是特克萨斯系的 Sislan 位于大裂谷的空间投影。"

尼古拉发现自己坐牢了，时间牢笼。他已经没有更多的跳跃机会，随时可能被踢出这个时空，唯一的解决办法是不离开——直到这件事解决，或者信号彻底中断，他只能待在时空泡里等待。还好，时空泡里有点补给，有电，他就死不了。来回于各个时间穿梭，他已经搞不清楚现在的"现实时间"了，只有一点很清楚，他在"老实水手吧"账单上的数字恐怕比他旅行过的时间常数加在一起还要大了。

红巨星 Sislan，是一个星影。即使天文台的家伙不给他解释，他也能大致猜出些道道。问题是，那个远在数千亿秒之前的种族显然不知道这个连尼古拉都闻所未闻的现象。它们传出的信息时断时续。达·迦马和开拓者两艘飞船在空间中保持了相当的距离，平行地向着银河彼岸飘去。在做出决定前，它们没有更多的能量来停止或者改变前进方向，而这个决定，将会决定数千人的生死和一个种族能否存在下去的希望。

时间一秒秒过去，两艘飞船上的所有乘员的主芯片一定都过载了。它们很快就找到了问题的原因出在路线选择上。对于急于跨越宇宙中的一片空地，而又缺少时间和物资的种族来说，的确没太多选择。它们想要在最短距离内跨越大裂谷，到达次级旋臂 чфю1277 边缘，必须为它们飞船的导航设备寻找一颗固定的、可预算轨道的星体作为导航点。在这片空旷区域中，只有红巨星 Sislan 散发着数千亿光秒外都能看到的微光。

但眼下的情况是，这颗红巨星并不在那里，而且它还会随着观察者相对距离的变化而在空间中发生不可思议的位移。宇宙当然无奇不有，但这次显然过头了。

它们花了几千秒时间，终于得出结论：大裂谷中，存在着某种质量巨大——也许远远超出文明人想象的物体，该物体由于过于沉重，使周围的空间向"下"陷入，最后可能被扭曲空间"包"了起来，以至于完全不能被任何探测仪器找到。但是，它所扭曲的空间在宇宙中形成了某种类似"透镜"的引力场，这个引力场将遥远的另一个星系里的某个区域放大、投影到了大裂谷中。但由于红巨星是个引力透镜成像的虚影，在宇宙尺度上的多维虚影与实验室里的蜡烛光没有可相提并论之处，所以，它们即使进到了红巨星的"内部"，仍然看得见它的外表。在过去 770 亿秒的航行中，它们与透镜的距离一直在改变，航向随之改变，把它们引到了绝境。

好吧，宇宙开了个玩笑。它开得起，受不了的人可以自行离开宇宙。

不知怎么的，尼古拉有一种负罪感，好像红巨星是他安排在那里糊弄人似的。在连续追踪这个种族很多很多很多秒之后，他已经认识了其中的许多人……莆田港、莆田 2 号、远行者 6 号……达·迦马号、开拓者号……船长、航行长……它们挣扎了无数岁月，形只影单地穿越银河。现在，它们要被迫黯然谢幕了。

两艘飞船重新聚集到一起。无线电沉默了很久，也许将要永远沉默下去。在无边无际的宇宙中，两艘比流星还要小的飞船，没有补给，没有港口，没有家园，没有目标……周围数亿光秒内，什么都没有，只有一团影子在燃烧，在嘲笑……算了吧，很多小种族都灭绝过，很多星球都沉沦过。它们的同类，不也选择了沉沦吗？也许还生活得好好的，虽然永远失去了迈向宇宙的机会……

许多"可能"像虫子一样钻进尼古拉的主芯片中。他的逻辑单元做出推论：它们已经灭亡了。虽然这块该死的芯片早在几亿秒前就得出了相同的结论，但这一次，尼古拉知道它是对的。

他轻轻一挺身，脱离开时空泡控制臂，准备关闭时空泡。就在这时，接收器响了起来。

"开拓者，你已脱离船坞……速度 3371，方向 17-37……嗞……"

"达·迦马……船上一切正常……他们已经入睡……再过 400 秒，我也将进入沉睡，航向已经……"

尼古拉从座位上跳了起来。它们还要前行！去哪里？去哪里？！

"开拓者……嗞……星图已经上传到主电脑……我们不太清楚……但这是唯一的机会……那片尘埃云正在形成新的行星……如果该星系有其他行星……无论如何……我们已经没有……嗞……愿上天保佑你，足够支撑到……"

"愿上天保佑我们大家。我们将在沉睡中等待命运裁决。"

"而我们将为你们照亮前方……嗞……我们的反应堆将在 1776 秒后爆炸……请将我们的位置传给殖民 2 号……我们将完全燃烧 600 秒……不

太长……但足以让他们的导航器重新校正方位……"

"永别了，达·迦马！"

"永别了……"

一会儿之后。

"阿列克斯，你还在吗？"

"……嗞……我在……"

"如果……请不要忘记我们……"

"忘记就是背叛，达·迦马号。"

400 秒后，开拓者号陷入了沉睡。这是它们最后的选择，不得不省下每一秒钟的补给。1776 秒后，达·迦马号变成了宇宙中的一道一闪即逝的光。对于在它身后很远的地方正沉默着前进的殖民 2 号而言，这道光将是黑暗星空中唯一真实的路标。

毫无疑问，接下来的很长时间里，将再也不会出现无线电信息。殖民2 号与开拓者号更改航向，在黑暗中飘浮。根据过往的经验，里面的生物有 99.999% 的可能再也醒不过来。

时空泡内的空调单调地响着。尼古拉决定不再等待下去了。在回到正常时空之前，他叹了口气，稍稍在椅子上伸了伸腰。远方，"Tasha"尘埃云轰轰地吸入水汽，再过很多很多很多亿秒，那里将会生成一颗行星。和宇宙无限的生命比起来，任何有机物都渺小得可笑。

也许不那么可笑……

也许这并不好笑……

也许……

也许它们说的尘埃云就是"Tasha"？！

尼古拉几乎是发着抖，重新启动时空泡引擎。一个一直在他面前闪烁的数字艰难地从 2 变到 1。他的时空熵归函数满了。再经过一跳，这段时空就将对他而言永久封闭，他再也不可能亲身来体验这段历史，寻找那些绝望或者充满希望的信息。即使他再通过时空泡进入这些"时间"，时空相对他而言也将变得寂静无趣。

时空泡操作系统默默等待使用者输入前方时间点。它等了很久，终于，使用者在"起点"一栏输入"现实时间"。过了好一会儿，尼古拉才在"终点"一栏输入"1800 亿秒前"。

"Tasha"沉重的身躯转动起来，越转越快……宇宙翻过来倒过去，星潮漫过拉修姆，璀璨不可逼视，然后慢慢退去。

星空在 1800 亿秒前注视着尼古拉。他松开控制臂，站起来，走向窗前。

拉修姆在身下很远的地方。那时候，它还处于蒙昧中。没有建筑，没有灯光，没有穿梭往来的时空舰队。时空泡像个幽灵，飘浮在其上方几千里的空间中。

接收器咯吱咯吱地响着。静电噪声飘过空间。

不知道过了多少时间，突然——

"……嗞……这里是殖民 2 号……嗞……达·迦马号……嗞……开拓者……嗞嗞……"

尼古拉觉得自己背上的毛都立起来了。

"……达·迦马……我们收不到你们的信号……嗞……我们无法精确定位……我们能够看到……目标行星很清晰……开拓者……你们在哪

里？你们已经登陆了？……你们能看到我们吗？……嗞……呼叫达·迦马号……"

　　现在，不需要借助任何仪器，在"Tasha"左面偏下的位置，一颗闪闪发亮的点已经清晰可辨，那是某种低级空间推进器在脱离光速时产生的火焰。

　　在经历了数千亿光秒的近乎自杀般的旅程之后，达·迦马号用生命指引的殖民2号终于抵达了目的地。那艘飞船已被时间和空间折磨得支离破碎，它摇摇摆摆地晃动着，目标已经近在咫尺，但脱离光速带来的冲击也让它一秒比一秒更加虚弱。

　　数百秒后，殖民2号爆发出一连串闪光。

　　"……嗞……达·迦马号……我们出了一些故障……现在不清楚……我看见一些舱体离开飞船……达·迦马号！开拓者号……我们出问题了……飞船抖动得很厉害……我们不知道……"

　　那颗光点在空间留下许多烟雾和亮晶晶的碎屑，然后一头扎向拉修姆星的轨道，站在6千米的上空，那飞船几乎是从尼古拉脚底掠过。他能看见那些伤痕累累的船体和早已歪斜的舰桥。一大半的飞船都裹在浓烟中。

　　"……有谁在那里？……帮帮我们！帮帮我们！……大部分乘客还没有苏醒……达·迦马号……谁在那里？请帮帮我们！"

　　尼古拉发疯般地从窗口这一头冲到那一头，但是隔着玻璃与时间的双重厚壁，他只能眼睁睁地看着飞船转到地平线的另一头去。频道里的惊叫声越来越大：

"警报！警报！主引擎熄火了！我们正在失去动力……失去动力！"

"减速失败！减速失败！"

"速度在上升……我们要坠毁了！"

"稳住船体！"

"……第四舱的火势无法控制了……正在蔓延，正在蔓延！"

"船长室！我是第四舱！立刻放弃我们！放弃我们！"

"……第四舱剥离……第四舱坠毁……"

"控制不住了！"

"船长室！火势蔓延过中舱！"

"我们失去了870人！"

"船长室！还有150秒就要撞击坠毁！"

　　飞船裹着熊熊大火从地平线的另一端冒了出来。尼古拉捂紧嘴巴。历史第一次在眼前历历上演，演员是一群经过了几代人努力、几千亿秒跋涉、从深沉的梦中惊醒的孤立无助的人。宇宙无视这些镶嵌在历史中的悲惨镜头。

　　"这里是船长室……殖民2号的全体船员……我们只剩下一个办法……只有一次机会……我们剩下的能量只够发射一个舱室，并让它安全降落……船员们……我们时间不多……需要立刻决定发射哪一个舱室……"

　　"第七舱室，船长！"

　　从即将坠毁飞船的各个角落传出隐约的声音。

　　"太好了。第七舱室是妇女和儿童。"

　　"但是……他们中间没有专业人员……如果我们坠毁……将来他们怎

么生存下去？"

"只要延续，就有办法。"

各个舱室——数量更少了，几十秒之内，许多舱室都已失去了声音——传来赞同声。

"发射准备！"

"舱室封闭！"

"再见了，阿丽娜！"

"发射完毕！"

一个光球脱离飞船，笔直地向下坠落。飞船继续一圈一圈地绕着行星飞行。大火已经将它完全吞没，可是从里面传出的声音仍不绝于耳。

"舱室进入大气层！"

"飞行姿态正常！"

"减速伞打开……速度降下来了！"

"万岁！舱室将安全着陆！"

最后一句话，只有少数几个人响应。其他人都已消失在大火之中。

"……这是殖民 2 号在呼唤……达·迦马……开拓者……你们在听吗？我们已经按照与你们的约定，在不知名的行星上播下了种子……感谢你们……我们不知道你们去了哪里……不过没关系……阿列克斯……我们曾经失去过……我们曾经流浪过……我们曾经放弃过……但我们终将找到家园。"

从宇宙的角度来观看，这场大火是不存在的。然而电波刺破苍穹，坚定地向着遥远的未来前进。

祖母家的夏天

郝景芳

◆ 第 19 届银河奖读者提名奖获奖作品

他默默地凝思着，成了他的命定劫数的一连串没有联系的动作，正是他自己创造的。

经历过这个夏天，我终于开始明白加缪说西西弗斯的话。

我从来没有像现在这样看待过"命运"这个词。以前的我一直以为，命运要么是已经被设定好只等我们遵循，要么是根本不存在而需要我们自行规划。

我没想过还有其他可能。

A

八月，我来到郊外的祖母家，躲避喧嚣就像牛顿躲避瘟疫。我什么都不想，只想要一个安静的夏天。

车子开出城市，行驶在烟尘漫卷的公路上。我把又大又空的背包塞在座位底下，斜靠着窗户。

其实我试图逃避的事很简单：大学延期毕业，跟女朋友分手，再加上一点点对任何事都提不起兴趣的倦怠。除了最后一条让我有点恐慌以外，一切都没什么大不了的。我不喜欢哭天喊地。

妈妈很赞同，她说让我找个地方好好整理心情，重整旗鼓。她以为我很痛苦，但其实不是，只是我没办法向她解释清楚。

祖母家在山脚下，一座二层小别墅，红色屋顶藏进浓密的树丛。

木门上挂着一块小黑板，上面写着一行字："战战，我去买些东西，门没锁，你来了就自己进去吧。冰箱里有吃的。"

我试着拉了拉门把手，没拉动，转也转不动，加了一点力也还是不行。我只好在台阶上坐下来等。

奶奶真是老糊涂了，我想，准是出门时顺手锁上了自己都不记得。

祖父去世得早，祖母退休以后一直住在这里。爸爸妈妈想给她在城里买房子，她却执意不肯。祖母说自己独来独往惯了，不喜欢城里的吵闹。

祖母是大学老师，头脑、身体都还好，于是爸爸也就答应了。我们常说来这里度假，但不是爸爸要开会，就是我自己和同学聚会走不开。

不知道奶奶一个人能不能照顾好自己，我坐在台阶上暗暗地想。

傍晚的时候，祖母终于回来了，她远远看到我就加快了步子，微笑着问："战战，几点来的？怎么不进屋？"

我拍拍屁股站起身来，祖母走上台阶，把大包小包都交到右手，同时用左手推门轴那一侧——就是与门把手相反的那一侧——结果门就那么轻描淡写地开了。祖母先进去，给我拉着门。

我的脸微微有点发红，连忙跟了进去。看来自己之前是多虑了。

夜晚降临。郊外的夜寂静无声，只有月亮照着树影婆娑。

祖母很快做好了饭，浓郁的牛肉香充满小屋，让颠簸了一天的我食指大动。

"战战，替我到厨房把沙拉酱拿来。"祖母小心翼翼地把蘑菇蛋羹摆上桌子。

祖母的厨房大而色彩柔和，炉子上面烧着汤，热气氤氲。

我拉开"冰箱"，却大惊失色："冰箱"里是烤盘，四壁已经烤得红彤彤，一排苹果派正在噗噗地起酥，黄油和蜂蜜的甜香味扑面而来。

原来这是烤箱。我连忙关门。

那么冰箱是哪一个呢？我转过身，炉子下面有一个镶玻璃的铁门，我原本以为那是烤箱。我走过去，拉开，发现那是洗碗机。

于是我拉开"洗碗机"，发现是净水器；拉开"净水器"，发现是垃圾桶；打开"垃圾桶"，发现里面干净整齐地摆满了各种 CD。

最后我才发现，原来窗户底下的"暖气片"——我最初以为是暖气片的条纹柜——里面才是冰箱。我找到沙拉酱，特意打开闻了闻，生怕其中装着的是炼乳，确认没有问题，才回到客厅。

祖母已经摆好了碗筷，我一坐下就开始狼吞虎咽。

B

接下来的几天，我一直在为认清东西而努力斗争。

祖母家几乎没有几样东西能和它们通常的外表对应："咖啡壶"是笔筒，"笔筒"是打火机，"打火机"是手电筒，"手电筒"是果酱瓶。

最后一条让我吃了点苦头。当时是半夜，我起床去厕所，随手抓起客厅里的"手电筒"，结果抓了一手果酱，黑暗中黏黏湿湿，吓得我睡意全无。待我弄明白原委，第一个念头就是去拿手纸，然而"手纸盒"里面是白糖，我想去开灯，谁知台灯是假的，开关原来是老鼠夹。

只听啪的一声，我陷入了尴尬的境地：左手是果酱蘸白糖，右手是涂着奶酪的台灯。

"奶奶！"我唤了一声，但没有回答。我只好举着两只手上楼。她的卧室黑着灯，柠檬黄色的光从走廊尽头的一个小房间透出来。

"奶奶？"我在房间外试探着唤了一声。

一阵细碎的桌椅移动声之后，祖母出现在门口。她看到我的样子，一下子笑了，说："到这边来吧。"

房间很大，灯光很明亮，我的眼睛适应了一会儿，才看清这是一个实验室。

祖母从一个小抽屉里拿出一把形状怪异的小钥匙，将我从台灯老鼠夹里解放出来。我舔舔手指，奶酪味依然香气扑鼻。

"您这么晚了还在做实验？"我忍不住问。

"做细菌群落繁衍，每个小时都要做记录。"祖母微微笑着，把我领到一个乳白色的台面跟前。台面上整齐地摆放着一排圆圆的培养皿，每一个里面都有一层半透明的乳膏似的东西。

"这是……牛肉蛋白胨吗？"我在学校做过类似的实验。

祖母点点头，说："我在观察转座子在细菌里的活动。"

"转座子？"

祖母打开靠边的一个培养皿，拿在手上："就是一些基因小片段，能编码反转录酶，可以在 DNA 间游走，脱离或整合。我想利用它们把一些人工的抗药基因整合进去。"

说着，祖母又把盖子盖上："但不知道能不能成功。这个是接触空气的干燥环境，旁边那个是糖水浸润，再旁边一个注入了额外的 ATP。"

我学着她的样子打开最近的一个培养皿，问："那这里面是什么条件呢？"

我把沾了奶酪的手指在琼脂上点了点，我知道足够的营养物质可以促进细胞繁衍，从而促进基因整合。

"战战！"祖母迟疑了一下，说，"那个是对照，隔绝了一切外加条件的空白组。"

我总是这样，做事想当然，而且漫不经心。

静静和我吵架的时候，曾经说我做事莫名其妙，考虑不周，太不成熟。我想她是对的。尽管她是指我总忘掉应该给她打电话，但我明白，我的问题绝不仅是这一件事。静静是一个有无数计划而且每一个都能稳妥执行的人，而我恰好相反。所有的计划我执行起来都会出错，就像面包片掉在地上一定是涂着黄油的那面先着地。

由于缺少了对照，祖母的这一组实验只能重做。虽然理论上讲观察还可以继续，但至少不能用来发表正式结果了。

我很惶恐，不知道该做些什么。但祖母似乎并没有生气。

"没关系，"祖母说，"我刚好缺少一组胆固醇环境。"

然后祖母就真的用马克笔在培养皿外面做了记号，继续观察。

C

第二天早上，祖母熬了甜香的桂花粥。郊外的清晨阳光明媚，四下里只听见鸟的声音。

祖母问我这几天有什么计划。我说没有。这是真话。如果说我有什么想做的，那就是想想我想做什么。

"你妈妈说你延迟毕业的问题是因为英语，怎么会呢？你转系以前不就是在英语系吗？英语应该挺好的呀。"

"四级没考，忘了时间。"我咕哝着说，"大三忘了报名，大四忘了考试日期。"

我低着头喝粥，用三明治把嘴塞满。

我的确不怕考英语，但可能这也是为什么自己压根没上心。至于转系，现在想想可能也是个错误。转到环境系却发现自己不太热衷于环境，大三跑去学了些硬件技术，还听了一年生物系的课，然而结果就是现在：什么都学了，却又好像什么都没学。

祖母又给我切了半片培根，问："那你来以前，妈妈怎么说？"

"没说什么，就是让我在这儿安静安静，有空就念点经济学的书。"

"你妈妈想让你学经济？"

"嗯，她说将来不管进什么公司，懂点经济学也总有帮助。"

妈妈的逻辑是定好一个目标，然后需要什么就学什么。然而这对我来说正是最缺乏的。我定下的大目标总是过不了几天就被自己否定，于是手头的事就没了动力。

"你也不用太担心以后，"祖母见我吃完，开始收拾桌子，"就好像鼻子不是为了戴眼镜才长出来。"

这话静静也说过。"鼻子可是为了呼吸才长的。"她说上天把我们每个人塑造成了独特的形状，所以我们不要在乎别人的观念，而是应该坚持自己的个性。所以静静出国了，这很适合她。然而，这也同样是我所缺乏的，我从来就没听见上天把我的个性告诉我。

收拾餐桌的时候我心不在焉，锅里剩下的粥都洒在了地上。我的脸一下子烫了起来。

"没关系，没关系。"祖母接过我手里的锅，拿来拖把。

"……流到墙角了，不好擦吧？您有擦地的抹布吗？我来吧。"我讪讪地说。

我想起妈妈每次蹲在墙边细致擦拭的样子。我家非常非常干净，妈妈最反感我这样毛手毛脚。

"真的没关系。"祖母把餐厅中央擦拭干净，"墙边上的留在那儿就行了。"

她看我一脸茫然，又笑笑说："我自己就总是不小心，把东西洒得到处都是。所以我在墙边都铺了培养基，可以生长真菌的。这样做实验就有材料了。"

我到墙边俯身往下看，果然一圈淡绿色的细茸一直延伸，远远看着只像是地板的装饰线。

"其实甜粥最好，说不准能长出蘑菇。"

祖母看我还是呆呆地站着，又加上一句："这样吧，你这几天要是没什么特别的事，就帮我一起培养真菌怎么样？"

我不假思索地点点头。

这不仅仅是因为自己接连闯祸想要弥补，更是因为我觉得自己的生活需要一些变化。到目前为止，我的生活基本上支离破碎，我无法让自己投身于任何一条康庄大道，也规划不出方向。也许我需要一些机会，甚至是一些突发事件。

□

祖母很喜欢说一句话：功能是后成的。

祖母否认一切形式的目的论，无论是"万物有灵"还是"生机论"。她不赞同进化有方向，不喜欢"为了遮挡沙尘，所以眼睛上长出睫毛"这样的说法，甚至不认为细胞膜是细胞为保护自身而构造的。

"先有了闭合的细胞膜，才有细胞这回事。"祖母说，"还有 G 蛋白偶联受体，在眼睛里是感光的视紫红质，在鼻子里就是嗅觉受体。"

我想这是一种达尔文主义，先变异，再选择。先有了某种蛋白质，才有了它参与的反应。先有了能被编码的酶，才有这种酶起作用的器官。

存在先于本质？是这么说的吧？

在接下来的一个晚上，祖母的实验传来好消息：期待中的能被 NTL 试剂染色的蛋白质终于在胞质中出现了。离心机的分子量测定也证实了这一点。转座子反转录成功了。

经过了连续几天的追踪和观察，这样的结果实在令人长出一口气。我帮祖母打扫实验室，问东问西。

"这次整合的究竟是什么基因呢？"

"自杀信号。"祖母语调一如既往。

"啊？"

祖母俯下身，清扫实验台下面的碎屑："其实我这一次主要是希望做癌症治疗的研究。你知道，癌细胞就是不死的细胞。"

"这样啊？"我拿来簸箕，"那么是不是可以申报专利了？"

祖母摇摇头："暂时还不想。"

"为什么？"

"我还不知道这样的反转录有什么后续效应。"

"这是什么意思？"

祖母没有马上回答。她把用过的试剂管收拾了，台面擦干净。我系好垃圾袋，跟着祖母来到楼下的花园里。

"你大概没听说过病毒的起源假说吧？转座子在细胞里活动可以促进基因重组，但一旦在细胞之间活动，就可能成为病毒，比如 HIV。"

夏夜的风温暖干燥，但我还是不由得打了个寒噤。

原来病毒是从细胞自身分离出来的，这让我想起王小波写的用来杀人的开根号机器，是一样的黑色幽默。

我明白了祖母的态度，只是心里还隐隐觉得不甘。

"可是，毕竟是能治疗癌症的重大技术，您就不怕有其他人抢先注册吗？"

祖母摇摇头："那有什么关系呢？"

"砰"，就在这时，一声闷响从花园的另一侧传来。

我和奶奶赶过去，只见一个胖胖的脑袋从蔷薇墙上伸了出来，额头满是汗珠。

"您好……真是对不起，我想收拾我的花架子，但不小心手滑了，把您家的花砸坏了。"

我低头一看，一盆菊花摔在地上，花盆四分五裂，地下躺着祖母的杜鹃，同样惨不忍睹。

"噢，对了，我是新搬来的，以后就和您是邻居了。"那个胖大叔不住地点头，"真是太不好意思了，第一天来就给您添麻烦了。"

"没关系，没关系。"祖母和气地笑笑。

"对不起呀。明天我一定上门赔您一盆花。"

"真的没关系。我正好可以提取一些叶绿素和花青素。您别介意。"祖母说着，就开始俯身收拾花盆的碎片。

夏夜微凉，我站在院子里，头脑有点乱。

我发觉祖母最常说的一个词就是"没关系"。可能很多事情在祖母看来真的没关系，名也好利也好，自己的财产也好，到了祖母这个阶段的确都没什么关系了。一切只图个有趣，自得其乐就够了。

然而，我暗暗想：我呢？

过了这个夏天我该怎么办呢？重新回学校，一切和以前一样，再晃悠一年到毕业？

我知道我不想这样。

E

转天上午，我帮祖母把前一天香消玉殒的花收拾妥当，用丙酮提取了叶绿素，祖母又兴致勃勃地为自己庞大的实验队伍增加了新的成员。

整个上午我都在做心理斗争，临近中午时终于做出个决定。我想，无论如何，先去专利局问问再说。刚好下午隔壁的胖大叔来家里赔礼道歉，我于是瞅个空子一个人跑了出来。

专利局的位置在网站上说明得很清楚，很好找。四层楼庄严而不张扬，大厅清静明亮，一个清秀的女孩子坐在服务台看书。

"你，你好。我想申报专利。"

她抬起头笑笑："你好。请到那边填一张表。请问是什么项目？"

"呃，生物抗癌因子。"

"那就到3号厅，生物化学办公室。"她用手指了指右侧。我转身时，她自言自语地加上一句："奇怪了，今天怎么这么多报抗癌因子的？"

听了这话，我立刻回头："怎么，刚才还有吗？"

"嗯，上午刚来一个大叔。"

我心里咯噔一下，隐隐觉得情况不太对。

"那你知道是什么技术吗？"

"这我就不太清楚了。"

"是一种药还是什么？"

"哎，我就是在这儿打工的学生，不管审技术。你自己进去问吧。"说着，女孩又把头低下，写写画画。

我探过头一看，是一本英语词汇，就套近乎地说："你也在背单词呀？我也是。"

"哦？你是大学生？"她抬起头，好奇地打量我，"就有专利了？不简单哪。"

"嗯……不是，"我有点脸红，"我给导师打听的。你还记不记得上午那位大叔长什么样？我怕是我的导师来过了。"

"嗯……个子不高，有点胖，有点秃顶，好像穿黄色衣服。其他我也想不起来了。"

果然。怪不得我出门的时候觉得什么地方不对了。

当时隔壁的大叔带来了花，我主动替他搬，而他直接用手推向门轴那一侧。第一次来的人绝不会这样。原来如此。前一天晚上肯定不单纯是事故，一定是偷听我们说话才不小心砸到了花。

也亏得他还好意思上门，我想，我一定得赶快告诉奶奶。大概他以为我们不会报专利，也就不会发现了吧。幸亏我来了。

"这就走了呀？"我转身向门口走去，女孩在背后叫住我，"给你个小册子吧。专利局的介绍、申请流程、联系方式都在上面了。"

我勉强笑了一下，接过来放进口袋，大步流星地走了出去。

F

当我仓皇奔回家，祖母还是在她的实验室，安静地看着显微镜，宛如纷乱湍急的河流中一座沉静的岛。

"奶奶……"我忍住自己的气喘，"他偷了您的培养皿……"

"回来了？去哪儿了？跑了一身土。"祖母抬起头来，微笑着拍拍我的外衣。

"我去……"我突然顿住，不知道怎么解释自己去了专利局，换了口气，"奶奶，隔壁那个胖子偷了您的培养皿，还申报了专利。"

出乎我的意料，祖母只是笑了一下："没关系。我的研究都可以继续。而且我之前不是也说过，前两天的实验很粗糙，是根本没法直接应用的。"

我看着祖母，有点哑然。人真的可以如此淡然吗？祖母仿佛完全不想考虑知识产权、经济效益一类的事情。我偷偷掏出口袋里的小册子，攥在手里，叠了又展开。

"先别管那件事了。先来看这个。"祖母指了指面前的显微镜。

我随意地向里面瞅了瞅，心不在焉地问："这是什么？"

"人工合成的光合细菌。"

我心里一动，这听起来很有趣："怎么做到的？"

"很简单，把叶绿体基因反转录到细菌里。很多蛋白质已经表达出来了，不过肯定还有问题。如果能克服，也许可以用来做替代能源。"

我听着祖母平和而欢愉的声音，忽然有一种奇怪的不真实的感觉，仿佛眼前罩了一层雾，而那声音来自远方。我低下头，小册子在手里摩挲。我需要做一个决定。

祖母的话还在继续："……你知道，我在地上铺了很多培养基，我打算继续改造材料，用房子培养细菌。如果成功了，吃剩的甜粥什么的都可以有用了。至于发电问题，还是你提醒了我。细胞膜流动性很强，叶绿素反应中心生成的高能电子很难捕捉，不过，添加大量胆固醇小分子以后，膜就基本上可以固定了，理论上讲可以用微电极定位……"

我呆呆地站着，并不真能听进去祖母的话，只零星地抓到只言片语。这似乎是一个更有应用前景的创造。我的脑袋更乱了。我没办法集中精力听祖母说话，讪讪地说："您倒是把我做错的事又都提醒了一遍哪。"

祖母摇摇头："战战，我的话你还不明白吗？"她停下来，看着我的眼睛，"每天每个时刻都会发生无数偶然的事情，你可能在任何一家餐馆吃饭，也可能上任何一辆公共汽车，看到任何一个广告，而所有的事件在发生的时刻都没有好坏对错之分。它们产生价值的时刻是未来。是我们现在这一刻做的事给过去的某一刻赋予了意义……"

祖母的声音听起来飘飘悠悠，我来不及反应。偶然，时刻，事件的意义，未来……各种词汇在我脑袋里盘旋。我想起博尔赫斯的《小径分岔的花园》。我想余准的心情应该和我一样吧，一个决定在心里游移酝酿，而耳边传来缥缈的关于神秘的话语……

"……生物学只有一套原则：无序事件，有向选择。那么是什么在做选择？是什么样的事件最终能留下来成为有利事件呢？答案只有延续性。一个蛋白质如果能留下来，那么它就留下来了，它在历史中将会有一个位置，而其他蛋白质随机生成又随机消失了。想让某一步正确，唯一的方法就是在这个方向上再踏一步……"

我想到我自己，想到邻居胖子，想到妈妈和静静，想到我之前混乱的四年，想到我的忧郁与挣扎，想到专利局明亮的大厅。我知道我需要一个机会。

"……所以，如果能利用上，那么奶酪、洒在地上的粥和折断的花就都不是坏事了。"

于是我决定了。

G

在那个夏天之后，我到专利局找了份实习工作——我在小册子上读到的。

在那里找正式工作不太容易，但他们总会找一些在校学生做些零碎工作——还好我没有毕业。专利局的工作并不难，但每个方向的知识都要有一点——还好我在大学里学习也是漫无目的的。

安安——我第一次来这里遇到的女孩——已经成了我的女朋友。我们的爱情来自一同准备英语考试——还好我没考过四级。安安说她对我的第一印象是礼貌而羞涩，感觉很好——我没告诉她那是因为做亏心事心里紧张——一切都像被魔力安排似的，就连亏心事都帮了我的忙。

再进一步，我甚至可以说之前的心乱如麻都是好事——如果不是那样，我就不会来到祖母家，而后面的一切也都不会发生。现在看起来，过去的所有事都连成了串。

我知道这不是任何人在安排。没有命运存在。一切都是我自己的选择。

这是一种奇怪的感觉：我总以为我们能选择未来，然而不是，我们真正能选择的是过去。

是我的选择把几年前的某一顿午饭挑选出来，成为和其他一千顿午饭不一样的一顿饭，而同样也是我的选择决定了我的大学生涯是错误还是正确的。

也许，承认事实就叫作听从自我吧。因为除了已经发生的所有事件的总和，还有什么是自我呢？

一年过去了，由于心情好，所有工作做得都很好。现在专利局已经愿意接收我做正式员工，从秋天开始上班。

我喜欢这里。我喜欢从四面八方了解零星的知识。而且，我不善于制订长远计划，也不善于执行长远计划，而这里刚好是一个一个案例，不需要长远计划。更何况，像爱因斯坦一样的工作，很酷。

经过一年的反复实验和观察，祖母的抗癌因子和光合墙壁都申请了专利，已经有好几家大公司对其表示了兴趣。祖母没有心情和他们谈判，我便充当了中间人的重任。幸亏我在专利局工作。

说到这里我还忘了提，祖母隔壁的胖子根本没有偷走祖母的抗癌因子培养皿。他自以为找到了恒温箱，却不知道那只是普通的壁橱，真正的恒温箱看上去是梳妆柜。

所以你永远不知道一样东西真正的用处是什么，祖母说。原来她早就知道。原来她一直什么都知道。

◆ 第 20 届银河奖优秀奖获奖作品

活着

王晋康

上　篇①

（《新发现》女记者白果对楚哈勃的采访，整理稿）

我的童年曾浸泡在快乐中。妈妈温暖柔软的话语，梦中外婆喃喃的昵语，去河边玩耍时爸爸宽厚的肩膀，幼儿园特别疼我的阿姨，家养的小猫崽……我一天到晚笑声不断，外婆说："这小崽子！整天乐哈哈的，小名就叫乐乐吧。"

但温馨的童年很快被斩断，代之以匆匆的车旅和嘈杂的医院。五岁之后，我走路常常跌倒，玩耍时总是追不上同伴。妈妈，有时是爸爸，带我走遍了全国的著名医院。我习惯了藏在妈妈身后，胆怯地仰视那些高大的白色"神灵"，而"神灵"们俯瞰我的眼神中总是带着怜悯，带着见惯不惊的漠然。每次医生给出诊断结果时，妈妈总是找借口让我出去。每当这时，我便独自蜷缩在走道里那种嵌在墙上的折叠椅中，猜着屋里在说些什么，模糊的恐惧在幼小的心灵中逐渐膨胀，越来越不可压制……

后来爸爸从我的生活中突然消失了，我问妈妈：爸爸到哪儿去了？妈妈不回答。妈妈一听我问就哗哗地流泪，后来我再也不敢问这个问题了。

直到我七八岁时才遇到"救星"。他的小诊所又脏又乱，白大褂皱巴

---

① 本文中有关宇宙塌陷的叙述纯属虚构。涉及专业性较强的三段内容全部用楷体字印刷以示区别。不耐枯燥的读者可以越过这三个段落直接阅读后文，不会影响对全文的理解。

巴的，但他很有把握地说："这病我能治，保你除根儿！就是娃儿得受罪，只能以毒攻毒哇，药价也不便宜。"以后的三年里，我们一直用他的祖传药方，把一种很毒的药液涂满我全身，皮肤和关节都溃烂了，以至于一说涂药我就浑身打战，涂药前妈妈不得不把我的手脚捆到床上。妈妈哭着说："乐乐你忍忍，乐乐你一定要忍住！这是为你治病啊。"我是个很听话很勇敢的孩子，真的咬牙忍着，一年，两年，三年。到最后一年，我已经不是为自己的性命来忍受，而纯粹是为了安慰妈妈。苦难让我早熟了，懂事了。那时妈妈只有三十六七岁，但已经憔悴得像五十多岁的妇人。我不忍心毁了她最后的希望。

但这个药方毫无作用。三年后再去找那个"神医"，他的诊所已经被卫生局和工商局查封了。那天晚上，我们住进了一家阴暗潮湿的地下室旅馆。半夜，我被啜泣声惊醒。妈妈趴在我床边，哭得直噎气，断断续续地低声发誓："乐乐，妈一定坚持下去，再苦再累也得坚持下去，我绝不让娃儿死在妈前头！"

这个场景在我的童年记忆中非常清晰，有一种令人痛楚的锋利。那时我刚刚十岁吧，但已经能敏锐地注意到妈的用词：她说"妈一定坚持下去"，而不是说"妈一定救活你"；她说"绝不让娃儿死在妈前头"，而不是说"一定让娃儿活下去"，显然她打心底里已经绝望了。

记不清那一刻我是如何想的，反正我模糊地觉得，绝不能让妈知道我醒了。我翻个身装睡，泪水止不住地往外涌。妈可能意识到我醒了，立即停止啜泣，悄悄回到了她的床上。第二天，我们都没有提昨晚的事，妈把我一个人留在旅馆里，自己出去跑了两天。

媒体报道了我们的遭遇，然后，妈一生都称之为马先生、我后来喊干爹的那个人出现了。干爹一见面就明明白白告诉我："乐乐你得了治不好的绝症。"其实我早就意识到了这一点，我想妈妈也知道我猜到了，但我们一直互相瞒着。只有干爹一下子捅破了这层窗户纸，下手之果断近乎残忍。

但这个论断彻底改变了我的后半生，还有妈的后半生，也许还有干爹的后半生。

妈妈应马先生的邀请，带上我千里迢迢赶到了他家——就是这儿，八百里伏牛山的主峰。从山下到马先生的家，一开始是高质量的柏油盘山路，过了著名旅游风景区宝天曼之后是石子路，最后的几公里则是崎岖陡峭的山路。我那时走路已经是典型的"鸭步"了，最后几公里难坏了我和妈。所以，等我俩精疲力竭地赶到马家，见到安着一双假腿的马先生时，我首先想到的就是他该如何上下山。我悄悄地想：也许他是被七八个人抬上来的，自打上了山，就压根儿没打算再下山吧。

吃过午饭，原来的保姆与妈妈做了交接就下山了。马先生让我先到院里玩，他和妈有事商量。我立刻喜欢上了这儿。天蓝得透明，空气非常清新，院子外面紧傍着参天古树，鸟鸣啾啾，松鼠在枝间探着脑袋。后院的竹篱临着百丈绝壁，山风从山谷里翻卷上来，送来阵阵松涛。院子东边是石壁，石缝里有一道很细的山泉，在地上汇出一汪浅浅的清水。向上看，接近山尖的地方，一处裸露的石坎上有一幢精致的白色建筑，球形圆顶上面有一道贯通的黑色缝隙。有一条台阶路与这边相连。后来我知道，那是干爹自己花钱建造的小型天文台。他毕业于北大天文学系，后来在北京搞实业，做到一家高科技公司的老总，家产上亿。不幸，一场车祸让他失去了妻儿和自己的双腿。康复后，他把大部分家产捐给天文台，换来一架被淘汰的 60 英寸天文望远镜，到这儿隐居下来。在这样高的山上建天文台自然不容易，但这儿远离城市，没有灯光污染，便于天文观测。

干爹吃了妈妈做的第一顿晚饭，拐着腿领我们到后院，让我们在石桌旁坐下。我意识到将面临一次重要的谈话，因为妈妈似乎非常紧张，目光不敢与我接触。后来我才知道，下午经过干爹的反复劝说，她勉强同意把病情坦白告诉我，但非常担心我承受不住。干爹笑着用目光鼓励她，温和地对我说："乐乐，你已经十岁了，算得上小大人了，一定有勇气听我说出所有真相。对不对？"

那时我其实很矛盾，既怕知道真相，又盼着知道。我说："对，我有勇气。你说吧。"

但干爹开始时并没涉及我的病，反倒把话头扯得很远："乐乐，任何人一生下来，都会陷入一个逃不脱的监牢。啥监牢？寿命的监牢，死亡的监牢。每个人都要死的，不管他是皇帝还是总统，是佛祖还是老子。不论是古人的法术还是现代的科技，都无法让人长生不死。人的寿命有长有短，几年，几十年，一百多年，也许未来的科学能让人活一千年，甚至一万年，但终归要死的。不光人，所有生灵也一样。只要有生就必然有死，这是老天爷定下的最硬的铁律。甚至不光是生灵，连咱们的太阳和地球，连银河系，连整个宇宙，最终都会死亡。"

那是我第一次听说宇宙也会死，我吃惊地问："宇宙也会死？"

妈也问了一句："马先生，你是不是说——天会塌下来？"

"当然。自从美国天文学家哈勃发现宇宙膨胀后，宇宙永恒的论断就结束了，只不过这个天究竟如何'塌下来'，科学界还没有定论。"他叹了口气，"你们不妨想想：既然人生下来注定会死，连人类和宇宙也注定会灭亡，那人们再苦巴巴活一辈子，有什么意思？确实没有意思，你多活一天，就是往坟墓多走一步。所以，世上有一个最聪明的民族就彻底看开了，不愿在世上受难，这个民族的孩子只要一生下来，爹妈就亲手把他掐死——这才是聪明的做法，我非常佩服他们。"

这几句话太匪夷所思，我和妈妈都吃惊地瞪圆了眼睛。不过，我马上在干爹唇边发现了暗藏的笑意，于是得意地大声嚷起来："你骗人！世上没有这样傻的爹妈！再说，要是这样做，那个民族早就绝种啦！"

"真的？"

"当然是真的！"

"哈哈，这就对了！"干爹放声大笑。以后我和妈经常听到他极富感染力的大笑，什么忧伤都会被赶跑。干爹郑重地说："既然你俩都明白这个理，干吗还要我费口舌哩？这个理就是：虽然人生逃不了一死，但还是得活着，而且要活得高高兴兴、快快乐乐、有滋有味，不枉来这世上一遭，否则就是天下第一大傻蛋。你们说对不对？"

我用力点头："对。"

"现在该说到你了，楚乐乐。你比别人不幸，患了一种绝症，叫进行性肌营养不良，而且是其中预后最差的假肥大型，现代医学暂时还无能为力。这种病是性连锁隐性遗传病，只有男孩会得，人群患病比例是三千分之一到两万分之一。病人一般在五岁左右发病，到十五岁就不能行走，二十五岁至三十岁之间因心力衰竭等原因死亡。"当他冷静地叙述这些医学知识时，妈眼中盈满泪水，扶着我的胳臂微微发颤。干爹瞄了她一眼，仍自顾自说下去："孩子，现在我把所有真相明明白白告诉你了，你说该咋办？是学那个聪明民族，让妈妈立刻掐死你；还是继续活下去，而且力争活得有滋有味？"

这个残酷的真相其实我早就差不多猜出来了，但妈一直没有明说，我也抱着万一的希望，在心底逃避着不敢面对。今天干爹无情地粉碎了我仅有的希望。这就像是揭伤疤上结痂的绷带，越是小心，越疼；干脆一狠心撕下来，片刻的剧痛让你眼前发黑，但之后心中就清凉了。干爹微笑着，妈紧张地盯着我。我没有立刻回答，转身看看院外满溢的绿色，心中忽然漾起一种清新的希望。这些年一直与奔波、恐惧为伍，我已经烦透了。我想从今天起过一种新生活，一种明明白白、平平静静的生活，哪怕明知道只能再活十几年。而且，支撑我、给我以勇气的其实是一种很简单的想法：既然所有人都难逃一死，那么对于我来说，只不过是把那个日子提前一点，仅此而已，又何必整天提心吊胆呢？想到这儿，我有一种豁然惊醒的感觉，回过身，朝干爹和妈用力点头，一切尽在不言中。妈这才把久悬的心放下，高兴地看看干爹。干爹笑着说："这就对了，这就对了嘛。一定要快快乐乐地活下去，不辜负你外婆给你起的这个好名字。"

他为我们母子安排了今后的生活，说既然暂时没有有效的疗法，就不要四处奔波了。他会在网上随时查看，一旦医学上有突破就把我送去治疗，即使是去国外，费用也都由他筹措。在此之前我们就留在这儿，妈为他做家务，我随意玩耍。如果想学习，他可以教我文化课，如果不想学就不勉强。

我很快就发现，干爹早就给我准备了一个最诱人的玩法：观察星星。那是一座琳琅满目的大宝库，只要一跳进去就甭想出来，十几年根本不够打发的。他自己打小就喜欢浩瀚的星空，但尘世碌碌，一直在商场中打拼，直到失去双腿后才"豁然惊醒"。

我和妈妈就这样留了下来，对新生活非常满意。妈尽心尽意地操持家务，伺候两个残疾人，开荒种菜，到林中采野菜，跟山民大嫂交朋友，也学会了到网上查医学资料。妈的生活安逸了，我想更重要的是心里不张皇了，她的憔悴以惊人的速度消退，嘴唇有了血色，人变丰腴了，恢复了三十几岁妇人的光彩。有一次我惊叹："妈，原来你这样漂亮！"妈窘得满脸通红，但心底肯定很高兴。

我在前几年的磨难中已经很"沧桑"了，现在恢复了童心，尽管步履蹒跚，我还是兴致盎然地在山林中玩耍，早出晚归，疯得昏天黑地。哪天我都少不了摔上几跤，但毫不影响玩兴。我并没忘记盘桓在十几年后的死期，但有了那次与死神的正面交锋，我确实不再把它放在心上了。

干爹说要教我观察天文，不过他没有让我立刻从事枯燥的观测，而是给我讲各种有趣的天文知识和故事，先培养兴趣。此后等我真的迷上天文学，我才知道干爹的做法太聪明了。夜晚我们经常不开灯，脚下那个风景区的灯光也常常掩在浓浓雾霭之下，所以方圆百里都沉浸在绝对的黑暗中。天上的星辰非常明亮，似乎可以伸手摘到，很有"不敢高声语，恐惊天上人"的意思。我们三人坐在院里，干爹给我指认天空中横卧的银河，指认几颗行星——金木水火土，指认最明亮的几十颗恒星，像大犬座的天狼星、天琴座的织女一、天鹰座的河鼓二（就是牛郎星）、天鹅座的天津四等。就这样不经意间，干爹把天文学的基础知识浇灌到我的头脑里。

干爹说："上次我说过，人生逃不脱寿命的监牢，其实人类身上还罩有很多囚笼呢，像重力的囚笼、可怕的天文距离加光速限制的囚笼等等。古时候的人类就像是被关在荒岛古堡里的囚犯，一生不能离开囚笼半步，不但不知道外边的世界，甚至连自家古堡的外形也看不到，只能透过铁窗，眼巴眼望地偷窥浩瀚的星空。后来人们发明了望远镜，发明了火箭，甚至能把脚印留在月球上，但与广袤的宇宙相比，我们仍然是可怜的蝼蚁。不过话说回来，尽管人类很渺小很可怜，但通过一代代人的努力，总算窥见了宇宙的一些秘密，比如，知道了太阳系位于银河系的猎户旋臂上；知道了银河系在旋转，旋转中心是在人马座 A；知道了本星系群、本超星系团、总星系；等等。1825 年，法国哲学家孔德曾断言：'人类绝不可能得到有关恒星化学组成的知识。'他当时的想法没错呀，人类怎么能登上灼热的恒星去取试样呢，就是乘飞船去，半路上也被烧化了；但仅仅三十多年后，人类就发明了天体分光术，将恒星光通过望远镜和分光镜分解成连续光谱，把光谱拍照来研究，通过对各种元素谱线的分析，就能了解恒星的化学成分。"

干爹又说："20 世纪 20 年代发现的宇宙膨胀是天文学上最伟大的发现。1914 年，天文学家斯莱弗首先发现了恒星光谱图的红移现象，即很多星系的光谱线都移向光谱图的红色端。按照物理学中的多普勒效应，这意味着星体都在远离我们。这一发现把斯莱弗弄得一头雾水——要知道宇宙可一直被认为是静止的呀。非常可惜，他敏锐地发现了红移现象，却没有达到理论上的突破。后来，哈勃经过对造父变星的研究，弄清了几十个星系的大致距离。他把星系距离及斯莱弗的光谱红移放到一张坐标图上，然后在云雾般杂乱的几十个圆点中画出一条直线，就得到了那个伟大的定律——星系的红移速度与距离成正比。这意味着，所有星体都在互相飞速逃离，宇宙就像一个膨胀的蛋糕，其上嵌着的葡萄干（星体）都在向远处退行，距离越远，则相对退行速度越大。告诉你吧，别看我过了追星的年龄，我可是哈勃的'哈星族'！"

虽然院子处在绝对的黑暗中，但我仍能"看见"干爹眉飞色舞的样子。

"哈勃有一种令人难以置信的能力，或者说对真理的直觉。他拍的光谱底片并非很好，他也不是一个出色的观察家，但他总是能穿过种种错误、杂乱所构成的迷宫，一步不差地走向最简约的真理；而那些善于'复杂推理'的、执着于'客观态度'的科学家常常与真理擦肩而过。哈勃不只是科学家，也算得上是哲学家，是先知。你想，从这个发现之后，静止的、永生不死的宇宙，还有上帝的宝座，就被他颠覆了，以他一人之力，仅仅用一张粗糙杂乱的坐标图，就给颠覆了！完全可以说，自打这一天起，人类就迈过童年变为成人了，至少也是青年了。"

我和妈听得很起劲儿。我高兴地宣布："妈，干爹，我要改名！我的大名要改成楚哈勃，我也是哈勃的'哈星族'！"

干爹朗声大笑，妈也笑。妈说这个名字太怪，干爹说这个名字很好。以后我就真的改成这个大名，连小名也变成"小勃"了。

干爹开始领我走进天文台。这幢袖珍型的自建天文台相当精致，但那架 60 英寸牛顿式凹面反射天文望远镜可算是傻大笨粗，整一个 20 世纪的遗物，黑不溜秋，甚至还配着老式的铜制双闸刀电气开关。它附设的观察台摇摇晃晃，以我的体能要爬上去相当困难，干爹爬起来也不比我轻松。用望远镜观星同样是一件苦差事，这儿自然没有暖气，寒夜中眼泪会把目镜冻在人的眼睛上，长时间的观测让背部和脖子又酸又疼。当镜筒跟随星星移过天空时，底座常有吱吱嘎嘎的响声和不规则的跳动。我首先要学的技巧，就是在物镜跳动之后迅速重新调焦，追上目标，这样才能在底片上曝光出边界清晰的斑点或光谱。

干爹开玩笑说，想当一个好的天文学家，首先得有一个铁打的膀胱，可以省去爬下观察台撒尿的时间——说不定那几分钟就会错过一次千载难逢的观测，让你抱恨终身哪。我想，对我们两个病残者来说，这一点尤为重要吧。我很快练出了"铁膀胱"，可以和干爹媲美，只要一走上观察台就整夜不下来，当然前提是晚饭尽量少吃稀的。

干爹有满满一墙书柜，书柜里有书，也有光盘，多是天文学和理论物理学著作。我白天读书，夜晚观察。我学得很快，也越来越痴迷。在暗黑的镜筒中，平时星空中的"眨巴眼"变成安静的、明亮的小圆点，以一种只可意会的高贵冷静俯视着我。我能听到星星与人类之间的窃窃私语。我似乎与它们天生相契。干爹满意地说："看咱小勃，天生是'观星人'的坯子！"

干爹说，拥有一架虽然老旧的 60 英寸镜，可不是每个私人天文爱好者都能有的福分。当然，这与现代化天文台的十米镜或组合式三十米镜是绝对没法相比的，所以干爹采取的战略是扬长避短，把观测重点放到近地天体，即一百光年之内的星星上。这些天体已经被研究得比较透彻，所以他的研究充其量是拾遗补阙的性质。好在他是业余玩家，干这些纯粹出于"心灵的呼唤"，没有什么"必须做出突破"的压力。

没人会料到，正是这个冷僻陈旧的研究方向歪打正着，得到了震惊世界的结果。

开始时，干爹和我挤在一个观察台上，手把手地教我。等我能独立工作之后，有时他便安排我独自值班。我在观察台上曾看见，干爹和妈并肩坐着，好久好久，似乎有说不完的话。我知道他们产生了爱情，而爱情滋润了两人，他们的脸庞上光彩流动，那是爱之光辉，藏也藏不住的。不过，妈也老是用那负罪的目光看着儿子，我以十四岁的心智读懂了她的心理——尽管我现在过得快乐而充实，但病魔一时一刻也未赦免我。我的病情越来越重，行走更困难，肌肉假性肥大和"游离肩"现象更加明显，连说话也开始吐字不清了。资料说这种病有 30% 的可能会影响智力，但我没受影响，算是不幸中之大幸吧。妈肯定觉得，儿子陷在病痛中，当妈的却去享受爱情，实在太自私。我想这回得由我帮助妈妈了，帮她走出负罪的囚笼，正如干爹带我走出恐惧的囚笼。

有一天吃晚饭时，我当着他们两人的面说："妈，我已经十四岁了，想单独住一个房间。"

妈很窘迫，试探地问我："可这儿只有两个卧室，你让妈住哪儿？"

我笑嘻嘻地说："当然是和我干爹住一块儿嘛！"

妈立时满脸通红，干爹也有些窘迫。

我笑着安抚他们："妈，干爹，你们互相恩爱、快快乐乐，我高兴还来不及呢。以后不必再瞒我啦！"

妈眼睛湿润了，干爹高兴地拍拍我的后脑勺。

因为疾病，十岁前我没怎么正经念书，现在我像久旱干裂的土地一样狂热地汲取着知识。十五岁那年夏天，我已经读完了天文学研究生的基础课程。干爹对我的观测水平和基础知识放心了，对我的脑瓜儿也放心了。我听他背地里对妈夸我：别看这孩子走路不利落，脑瓜儿可是灵得很，比我年轻时还灵光！他开始正式给我安排观测任务——测量和计算 50 光年内所有恒星基于"标准太阳"的视向速度。他要求结果尽量精确，换算到红移值的测量上，要精确到 0.001 埃。

我那时想不到他是在研究近地空间的宇宙学红移，因为一般说来，只有 10 亿光秒差距（约合 32 亿光年）之外的遥远星体，才能观察到有意义的宇宙学红移。对于近距离天体，由于它们的公转、自转都能引起多普勒红移和蓝移，而且常常远大于前者，也就无法单独测出宇宙学红移。比如，南鱼座的亮星北落师门，距离地球约 25 光年，按哈勃公式计算的红移速度完全可以忽略；而其基于标准太阳的红移速度有 6.4 千米/秒，完全掩盖了前者。还有，引力红移的数值虽然很小，也足以干扰近地天体的宇宙学红移的测值。

干爹当时没有透露他的真实目标，只是说，依他近年的观测，这个小区域内的星体似有异常，让我加倍注意。这是个相当繁杂的工作。银河系的恒星大都绕着银河中心顺时针旋转，速度相当快（比如太阳的旋转速度平均为 220 千米/秒，远远超过宇宙飞船的速度！），但恒星彼此之间基本静止，就像在高速路上并排行驶的汽车。天文学家在测量银河系各恒星的运动速度时，为了简便和直观，先假定一个标准太阳，即以太阳距银河中心的标准半径和标准速度并做理想圆运动的一点来作为静止点，再测出其他恒星的相对速度。由于太阳其实是沿椭圆轨道旋转，并非真正恒速，所以它本身相对标准太阳来说也有相对速度（法向速度 u 为 -9 千米/秒，切向速度 v 为 +12 千米/秒，沿银盘厚度方向的跳动速度 w 为 +7 千米/秒），再加上地球上的观测者还在绕太阳运动，所以要想得出基于标准太阳的红移或蓝移值，观测值必须做出双重修正。

好在这基本是前人做过的事，干爹只要求我把它们复核一遍，换算成朝向标准太阳的视向速度，这就大大减少了工作量。我进行了三年枯燥的工作，观测、拍照、显影、与摄谱仪的基准光谱进行比照、在电脑中做修正，如此等等。开始干爹还不时来指导一下，等我完全熟悉这些工作后，干爹就撒手了。

我发现干爹说得不错，这个小区域内的星体确实有些古怪。它们的光谱好像每年都有一个微小的蓝移增量，数值不大，仅仅 0.001 埃，甚至小于星体的引力红移，观测者一般会忽略它。不过，因为干爹事先提示过，而且它非常普遍，所以我还是紧紧盯上了它。这个蓝移值对应的蓝移速度大约为 0.06 千米 / 秒。虽然它看起来很小，但若与宇宙学红移相比，已经够惊人了。可以计算一下，取哈勃常数为 50 的话，在 34 光年的大角星处对应的红移速度仅为 0.0005 千米 / 秒。

我十八岁那年，测算完了这个区域内所有恒星相对标准太阳的视向速度，结果颇有点出人意料——它们都增加了朝向太阳的速度，数值不等，以牛郎星最大。这个现象似乎颇为不祥——倒不是科学意义上的不祥，而是人文意义上的不祥，因为这个古怪区域（包括星体，也包括空间）像是在向里塌陷，而且塌陷中心恰恰在人类区域！

那时我说话已经相当困难，难以表达这些复杂内容，所以我在电脑上制作了一个表格，打出了扼要的书面结论。生日那天，吃完妈自制的蛋糕，在温馨的生日烛光中，我把干爹四年前留的这项作业交上去了。干爹很高兴我有了处女作，搂着妈的肩膀，认真读我的结论：

1. 以标准太阳为中心、半径三十几光年的区域内，所有星体在扣除原有的 u、v、w 速度之后，都有一个附加的蓝移速度。其谱线蓝移以 16 光年远的牛郎星最大，约为 -0.016 埃。按公式 $v = c(\lambda_0 - \lambda_1)/\lambda_1$（式中，$c$ 为光速，λ_1 和 λ_0 分别为电磁波发射时刻和接收时刻的波长）计算，则意味着，牛郎星增加了一个 14 千米 / 秒的朝向标准太阳的速度。

2. 从牛郎星以远，上述蓝移值逐渐减小，到 34 光年之外的星体如大角星，就观察不到这种蓝移了。从牛郎星以近的光谱蓝移值也是逐渐减小的，直至为 0。

3. 该区域内的星体，其蓝移值不仅随距离变化，也随时间变化，后者大约每年增加 0.001 埃。

我忐忑不安地等着干爹的判决。尽管我对自己的观测和计算反复校核过，但有什么宇宙机理能产生这个塌陷？我没有起码的概念，这一点让我底气不足。干爹看完没说话，拐着腿到书房，取来一张纸递给我。我迅速浏览了一遍，发现上面写着几乎同样的结论，只是用语不同而已，观测值也稍有误差：他说极值点是 12 光年远的南河三，蓝移速度为 11 千米 / 秒。看纸张的新旧程度，这显然是在几年前打印的。

我喃喃地问："那么这是真的？"

"看来是的。你验证了我的观测，咱俩的测值有误差，但在可以容许的范围内。"

"那么……它意味着什么？"

"你说呢？"

我摇摇头："我已经考虑一年了，但毫无头绪。首先会有的想法，是太阳附近突然出现了一个巨大黑洞，正把 35 光年以内的宇宙，包括星体和空间，拉向中心，造成局部塌陷。但这个假设肯定说不通。首先，这么大的黑洞应该有强烈的吸积效应，有强烈的伽马暴，甚至有可以感受到的重力异常。但什么都没有，太阳系附近一直风平浪静。再者，如果这个假说成立，那么，越接近黑洞的天体，向中心塌陷的速度应该越大，这也与观测结果不符。还有，咱们的测值是以标准太阳为基点，如果有黑洞，那它也必须正好有太阳的巡行速度，才能得出现在的观测结果。但这个突然出现的黑洞只可能是'外来者'，它闯入太阳系后就正巧获得和太阳一样的速度？这未免太巧了，基本不可能。"

我看看干爹，又小心地补充一句："不管有没有黑洞，但……可不敢有这个局部塌陷哪。要是牛郎星以 14 千米 / 秒的速度向中心塌陷，34 万年后就会和地球撞在一起。甚至早在那之前，咱们这儿就已经变成引力地狱了。不过，也许十几万年后的人类科技有能力逃出去。"

虽然我咬字不清，但干爹很轻易地听懂了——我们俩在思路上相当默契，他总是能以理解力来代替听力。妈听不懂，干爹向她简略解释了一番，妈吃惊地说："啥子？天要塌？塌到一个洞洞里？"

干爹笑着说："先别担心，我说过，这个假设根本说不通，正因为它说不通，我才一直没把我的观测结果公开。咱们得寻找另外的解释。"

稍后干爹又说，他不相信上述假说还有一个次要原因，虽然不能算严格的反证，但也不能忽略——科学启蒙之前，自恋的人类总把地球当成宇宙中心，是科学破除了这种迷信。现在我们知道，地球或太阳只是极普通的星体，上天无论在施福或降祸时，都不会对人类另眼相看。可是现在呢，恰恰人类区域是一个局部塌缩的中心！这多少像是"地球中心论"的变相复活。

虽然我俩坚信地球附近不可能有巨型黑洞，但并不能排除心中的不安。不管怎么说，这个古怪的"蓝移区域"是确实存在的，它给人一种难言的感觉：阴森、虚浮、模糊，就像童年期间我潜意识中对病魔的恐惧。但它究竟是什么机理造成的？随后的三个月里，我和干爹搜索枯肠，提出了很多假说，讨论后又把它们一个个排除。我俩完全沉迷于此了，想得头脑发木，嘴里发苦。妈说我俩都痴了，连饥饱也不知道了。

有天夜里，我在睡梦中，好像有什么想法老在脑海的边际处飘荡，似有似无，时隐时现，我正焦急地想抓住它，却忽然醒了，脑海中灵光一闪，有了一个不错的想法。我深入考虑一遍，觉得它是可行的，便爬起来去找干爹。谁知心中太急，我一下子摔到地上，折腾了好久才爬起来。等走进干爹房间，我又摔了一跤。干爹和妈都惊醒了，连忙坐起身来问："是小勃？你怎么了？"

妈披上衣服把我扶起来。我难为情地说："没事，我有一个全新的想法，急着告诉干爹——并不是局部塌陷，而是宇宙的整体收缩。宇宙是刚刚开始收缩，所以只有近处的蓝移星光能传到地球，现在咱们看到的远处星体，还是没有收缩前发出的光，自然保持着原来的红移。"

妈微哂道："给你干爹说去，我又听不懂。看你猴急的，等不及明天啦?"

干爹对我的"猴急"非常理解,笑着说:"来,坐床上。不着急,慢慢说。"

妈把我拉进被窝,挤在她和干爹之间,又从背后搂着我,暖着我因夜寒而变凉的身体。我开始对干爹讲。对于这个灵光忽现的想法,我的思路倒是已经捋清了,但因吐字不清,想把它表达清楚不容易。最后好歹讲清楚了,大致想法是这样的:

1. 附近并没有什么黑洞和局部塌陷,是全宇宙刚刚开始整体收缩,由宇宙学红移急剧转变为宇宙学蓝移。据我推算,收缩仅仅开始于34年前——我们这一代"正巧"赶上了这个宇宙剧变!至于宇宙整体收缩的产生机理,天文界已经有很多假说(临界质量、暗物质等),我这里先不说它。

2. 由于收缩是加速的,所以蓝移值随时间增加。

3. 各星体的蓝移值(基于标准太阳)的大小变化有两个相反的趋向:a. 仍按哈勃揭示的规律,蓝移速度与距离成正比,即蓝移速度等于距离乘某个常数。但这个常数远大于哈勃常数(所以近地天体的蓝移也能测出)。b. 蓝移值又随距离减小,因为收缩并非恒速而是加速的,所以离我们每远一光年的星体,我们看到的就是它更早一年的较小蓝移值。这点与哈勃定律不同,哈勃所描述的宇宙膨胀,至少在若干亿年内可以被认为是匀速的,不存在时间效应。

上述两个因素综合,可列出一个关于距离和时间的二元二次方程,精确计算出某年某星体的蓝移值。今年的计算结果是,蓝移速度在大约16光年远的牛郎星达到极值,为14千米/秒。这与观测值完全吻合。

4. 收缩是34年前刚刚开始的,那么,34光年处的星体,如大角星,我们今天看到的还是它们在34年前、正处于变化拐点的光,既无红移也无蓝移;34光年之外的星体仍保持着哈勃红移(因数值太小而观察不到)。

因此，所谓的"宇宙局部塌陷"只是假象，是"有限的收缩时间"加上光传播花费的时间所造成的。

我补充一句："干爹，咱俩的观测值不大一样，你说是观测误差，其实不是。咱俩测的都完全准确，只不过你的数值是四年前的。我算了一遍，如果按四年前的时间参数代入我说的公式，正好符合你的测值。"

干爹耐心听完，笑着摇摇头："想法很有趣，逻辑框架基本能够自洽，但有一个重要的隐性条件你没有满足，而这一条足以否定整个假说。"

"什么隐性条件？"

"宇宙的尺度至少是 150 亿光年，不可能同时由膨胀改为收缩。这基于科学界一个普遍认可的假定，那就是：能导致宇宙同步变化的因素，不管它是什么，其传播速度都不可能高于光速。天文学家早就把这点共识用于实际工作，比如，假如你观察到一个遥远星系在十年内整体变亮了，那么该星系的尺度就绝不会大于 10 光年。"

他说的是尽人皆知的规则，但我以初生牛犊的勇气表示不服："干爹，我知道这个规则，但咱们说的现象不在其中。假如有一个完全均匀的气球，被完全均匀的高压气流胀大，那么在气球弹力和内压力平衡的瞬间，气球的每个区域当然会同时停止膨胀，哪怕它有 150 亿光年那么大。"我斟酌了一下用词，补充道，"不妨把你说的规则稍做补充：能导致宇宙同步变化的因素，不管它是什么，其传播速度都不可能高于光速，但因内禀性质而导致的变化除外，内禀同步状态不受最大光速限制。干爹，我可以打个比方：这就像是量子理论中的孪生粒子，它们组成一个相关系统，对一个粒子所做的观测能瞬时导致另一个粒子选择到'正确'状态。这种作用是超距的，不受最大光速限制。关于孪生粒子的内禀同步，在科学界已经没有异议了呀。"

我又补充道："而且，哈勃天文望远镜的观测早就确定宇宙是各向同性的，是内禀均匀的。"

干爹被我这个大胆的提法震住了，沉默了很久。我表面平静，内心却是急迫地等待着，妈奇怪地打量着我们俩，屋里静得能听见心跳声。

干爹终于开口了："如果……只要……承认你的公理，那你的假说……还是能自洽的。而且还捎带解决了那个逻辑困难——塌陷中心（黑洞）必须正巧具有220千米/秒的巡行速度的困难。因为若是宇宙整体收缩，那有没有这个速度并不影响观测值。小勃，你的思维很活跃，天马行空，真的很难得。"

但我能看出他仍旧有些勉强。后来他坦言道："说实话，我还是不大喜欢这个假说。它同样有'人类中心论'的味道，现在不是空间上的中心了，而是时间上的——在150亿年的宇宙膨胀中，怎么恰巧就让咱们赶上宇宙开始收缩的这一刻呢？这未免太巧了。"他摇摇头，"但这个反驳没有多少力量，世上还是有巧合的，不能一概否认。咱们再想想吧。"

在这之后的两天时间里，家里始终保持着古怪的安静，我和干爹都默默思索，就像是老僧闭关修炼。妈后来觉得不对劲儿——这种安静怎么有点阴气森森的味道？她终于忍不住小心地问干爹："马先生，到底出啥事了？我看你俩的表情都不对头。"

干爹笑笑："没啥事。小勃提出的那个新想法有可能是对的，只是不大吉利——比原来的想法更不吉利。我们原认为宇宙是局部塌陷，那么在十万年或几十万年后，人类的科技水平也许还能逃出这片地狱；现在小勃说宇宙是整体收缩，那人类能往哪儿逃？科技再发达也无处可逃了。"

"这有啥关系？你早就说过，宇宙最终会灭亡的嘛。"

"对，我是说过。但我那时说的是宇宙的'天年'，死亡是几十亿几百亿年后的事；而现在小勃说宇宙得了绝症，会在几十万年后死去，就像……"

他没把这句话说完，我平静地接上了他的话："就像我。比我还惨。

宇宙的新寿命只是原来那个'天年'的一万分之一。"

妈的表情僵硬了一下，但立即机敏地转圜："那也没啥，还有几十万年嘛。人们还能蹦跶几十万年，离死早得很呢。咱小勃虽然得了绝症，这些年也过得很快活、很充实、有滋有味。娃儿，你说对不对？"

"对。干爹，谢谢你。多亏你当年一刀斩断我的退路，这些年我活得才有意义。"我半开玩笑地说，"要不，咱们也给世人照样来一刀？不知道世人会感激咱们，还是恨咱们。"

干爹也以玩笑回应："如果是当报喜的喜鹊，可以尽早。咱们是当报祸的乌鸦，还是谨慎一点。再验证验证吧。"

之后，我俩用三年时间做了慎重的验证。其后的验证倒是相当容易，这就像所有的科学发现，在找到核心机理之前，已有的数据和现象如一团乱麻，似乎永远理不清；但在找出核心机理之后，所有的脉络都一清百清，哪怕仅仅想找一个反证都办不到。这正是科学的魅力所在。现在，只要承认我提出的假说，那么，星体基于标准太阳的蓝移就是关于距离和时间的二元二次方程，初中生都会计算。我们算出了今后三年的变化值，又用观测值做了对比。两者极为符合。三年之后，可见的蓝移区域也如预言向外扩展了三光年，以至于你想再怀疑这个假说都不好意思。干爹慢慢地不提他的"最后一点"怀疑了。

其实，从内心讲，我们但愿自己错了，但愿这个"绝症"并不存在。

这三年的观测是干爹做的，我的身体状况已经不允许我爬上观察台。干爹那个轮椅现在让我用上了。大部分时间我歪在轮椅上或床上，说话吐字也更困难。妈和干爹被逼着学会了读唇术，谈话时，他们得眼睛一眨不眨地盯着我的嘴唇。这年我二十一岁，看来大限将至，死神已经轻声敲门。妈这些年也想开了，没有表现得太悲伤，至少没有痛不欲生的样子。她一有时间就坐在我的床边，拉着我的手闲聊。因为我口齿不清，交谈起来比较困难，更多是她一人说话。她总是回忆我儿时的场景、儿时的快乐，甚至以平和的口吻，回忆那个在绝症儿子面前当了逃兵的男人。

我贪婪地听着，贪婪地握着妈的手，也贪婪地盼着干爹从天文台回家的脚步声。我是多么珍惜在世上的时间哪。

但我终于觉得，该对两位长辈留下遗言了。那天，我把二位长辈唤到我的床前，努力在脸上保持住笑容——不知道效果怎么样，我的面肌也不听话了。

我缓慢地说："干爹，妈，趁我还能说话，预先同你们告别吧。"两人都说："孩子，有什么话你就说吧。""第一，你们不要哭，我这几年过得很充实、很快乐、有滋有味。我要谢谢妈，谢谢干爹，也谢谢命运，我的病没有影响智力，这是命运对我最大的厚爱。"

妈含泪说："小勃，我们不哭。我们也谢谢你，你是个好孩子，咱们能娘儿俩一场是我的福分。"

干爹说："我同样要谢谢你。你让我的晚年更充实了。"

"妈，干爹，你们结婚吧。"虽然我对名分之类并不看重，而且亲爸失踪后，妈一直没与他解除婚姻关系，但我还是希望她和干爹有个更圆满的结局。

妈和干爹互相看看，干爹握着我的手说："好，我俩也早想办了。这几天就办。"

"还有那个研究结果，公布了吧。不必太忧虑世人的反应，没什么大不了的。就像你当年果断地把真相捅给我，长痛不如短痛。"

"好的，我明天就公布。"他想了想，"该有个正式的名字吧。叫什么呢？叫某某定律似乎不合适，就简单地命名为'楚-马发现'吧。我想，对于人类的命运来说，这个发现的重要性也许不亚于哈勃定律。"一向达观的干爹略显苦涩。我知道苦从何来——缘于这个发现中内含的悲剧意蕴。

"干爹，干吗把你的名字放在后边？是你首先发现的。万事起头难，我一直非常佩服你眼光的敏锐，没有你的指引，十辈子我也想不到盯着这儿看。"

"但你首先揭示了其核心机理，这一步更难。孩子，你不愧叫'楚哈勃'这个名字。你和哈勃一样，能透过复杂的表象，一步不差地走向最简约的真理。唉——"

我敏锐地猜出他没说的话：可惜，这个天才脑袋要随一具劣质的肉体而毁灭了。干爹怕伤我心，把这段话咽了回去。其实何必呢，这才是对我最深刻的惋惜、最崇高的赞誉。在这个世上，妈最亲我，但干爹与我最相知；而且从某种意义上说，我的早天是个哲理意义上的隐喻：灿烂的人类智慧之花也要随着宇宙的绝症而过早地枯萎了。

我和干爹没有再谈署名先后的问题，那类世俗的名声不值得我俩多费心。现在，虽然我对生死早已看淡，但仍免不了淡淡的悲凉。这是超越个人生死的悲凉，就像节奏舒缓的低音旋律，从宇宙的原点发出，穿越时空而回荡到永恒，死亡的永恒。

我笑着对二位长辈说："好，我的话交代完了，我可以画句号了。"

从第二天起，妈和干爹开始按我的话去忙：妈和我亲爸解除婚姻关系（因一直失去联系没法正常离婚）；妈和干爹办结婚登记，准备简朴的婚礼，向两家亲友发喜帖；干爹在网上公布"楚–马发现"。后来我和干爹知道，此前已经有天文学家发现了这个小区域的异常，并在圈内讨论过。但他们是循惯例测算各恒星的 u、v、w 速度，没有换算到朝向标准太阳的视向速度，所以没能做出我们的发现。我想更重要的原因是要命的思维惰性：所有人已经习惯了宇宙的永恒（几百亿年的宇宙寿命可以算是永恒了），即使在知道宇宙膨胀之后，这个动态过程也近乎是永恒的，没人想到我们"恰恰"赶上了宇宙刚刚开始收缩的时刻。所以，虽然他们觉察到了异常，却想当然地把它限定在"局部空间"内，于是钻进这个死胡同里出不来了。

理所当然，"宇宙得绝症"的消息震惊了世界，天文界圈外的反应比圈内还强烈。且不说那些常常怀着"末世忧思"的智者哲人，就是普通百姓，也如被摘了蜂巢的群蜂，乱作一团：天要塌了？天真的要塌了？人类无处可逃了？也有比较令人欣慰的消息：五大国集体声明永远放弃核武力；以色列主动从戈兰高地撤兵，与阿拉伯人握手言和；印度与巴基斯坦永久性开放边界。

　　我想这种失去蜂巢的纷乱是暂时的，十年八年后蜂群就会平静下来，找到新的家园，找到新的生活方式，就像我十一年前那样。

　　"楚-马发现"公布后，各家媒体发疯般寻找两名"神秘"的发现者。我们对外只留了邮箱，没有公布具体住址，倒不是刻意装神秘，只是不想被打破山居的平静。当然我们也没成心抹去行踪，如果记者们铁下心要找，还是能找到的，通过宽带公司就能查到。只是我没想到，第一个成功者是位女福尔摩斯，《新发现》杂志的科技记者：很年轻，自报二十五岁，比我大四岁，依我看不大像；蛮漂亮，穿衣很节约布料；性格非常开朗；短发，小腿肌腱像男孩子的一样坚实。当这位一身驴友打扮的白果小姐大汗淋漓地爬过最后一段山路，终于发现"阿里巴巴的山洞"时，人没进来，先送来一串兴奋欲狂的尖叫："终于找到啦！我成功啦！哈哈！"

　　干爹后来揶揄地说，《新发现》派这么一位角色来采访沉重的世界末日话题，真是反差强烈的绝配。

　　白果在这儿盘桓了整整七天，还赶巧参加了二位长辈的婚礼。至于对那个话题的采访，我因为说话困难，只有让干爹——我对继父总改不了称呼——全面代劳，但她显然对我更有兴趣，七天中大部分时间都粘着我。我想我能猜到她的心思：对于我这种患绝症的特殊人物，应该能多挖到一些"新闻眼"吧。比如，她可以使用这样耸人听闻的文章标题：《一位绝症患者发现了宇宙的绝症！》等等。

　　不管她出于什么动机，反正她是一个讨人喜欢的姑娘，让你无法狠心拒绝。我尽心竭力地配合她的采访，妈当翻译，用了近七天时间，讲述了"楚-马发现"的前前后后，实际上（我后来才意识到）还捎带梳理了我短短的一生——"一生"，这个词我想已经有资格使用了，至少误差不大了。我以旁观者的心态这样想着，戏谑中略带悲凉。

采访最后，白果问我："楚先生，让咱们来个最后结语吧。你作为一个余日无多的绝症患者，却悲剧性地发现了宇宙的绝症。以这种特殊身份，你最想对世人说一句什么话？"

"只一句话？让我想想。干脆我只说两个字吧，这俩字，一位著名作家，余华，几十年前已经说过了，那是他一篇小说的题目……"

"等等。余华先生的作品我大多拜读过，让我猜一下。你是说——《活着》？"

"对，这就是我想留给世人的话：活着。"

活着。

活着！

白果说她读过这本书，不知道她是否记得一个细节：小说中一个小人物说过这样的台词——当时他站在死人堆里向老天叫阵，说，老子一定要活着，老子就是死了也要活着！

下　篇

（白果的回忆）

二十二年前的这篇采访是我的呕心之作。小勃曾揶揄我，说我那些天一直粘着他，是想在绝症患者身上挖新闻眼。他没冤枉我，开始时我的确有这个想法，是出于记者的本能吧，但随着访谈深入，我已经把新闻眼、炒作之类世俗的玩意儿统统扔到爪哇国了，以这篇文字的分量——楚哈勃短短人生的分量，根本不需要那类花里胡哨的翎毛。他那时的身体情形已经相当悲惨：心力衰竭、呼吸系统顽固性感染、肌肉萎缩，病魔几乎榨干了他身体里的能量，只余一个天才大脑还在熊熊燃烧。我几乎能感受到他思维的热度，也能感受到他生命的热度。他那年不足二十一岁，从外貌上看显然比这个生理年龄沧桑多了，而他的人格更沧桑，有超乎年龄的沉稳、睿智，不用说还有达观。

不光是他，我发现他的家人们有一个共同的独特习惯：从不忌讳谈论死亡。小勃、马先生自不必说，就连小勃的妈妈也是如此，她是天下最好的母亲，为病残的儿子燃尽了一生的爱，但她也能平静地当面和儿子谈他的后事。

我一气呵成把文章写好，又用半个晚上做了最后的润色，从网上发回报社去。一向吹毛求疵的总编大人很快回了话，不是用即时通信软件，而是用手机，这对他来说是很罕见的。他对文章大声叫好，说它简直是一团"冷火"，外表的冷包着炽热的火。他决定马上全文刊发。总编只提了一点修改意见，说我在结语中当面直言楚哈勃是"余日无多的绝症患者"，是不是太冷酷，至少读者会这么认为的。我稍稍一愣，这才意识到短短七天我已经被那个家庭同化了，已经能平静地谈论死亡了。我对总编说，不必改的，他们从不忌讳这个。

总编主动说，我可以在他家多留几天，看能不能再挖出一篇好文章。我想该挖的我已经挖过了，但既然总编这样慷慨，我乐得再留几天陪陪小勃，也欣赏一下山中美景。小勃妈对我很疼爱，虽然她一人要照顾两个病人，但还是抽时间陪我在山中转了半天。这半天里，我又无意中有了两个沉甸甸的见闻。

见闻之一：这座山上有细细的清泉流挂，碰到凹处积成一个水池；然后变成细细的清流，再积出一个水池。如此重复，就像一根长藤上串了一串倭瓜。我们循着这串倭瓜自下而上地观赏。水池都是石头为底，池水异常清冽，寒气砭骨，水中几乎没有水草或藻类，却总有二三十条小鱼。这种冷水鱼身体呈半透明，形似小号的柳叶，悬在水中如在虚空，影布石上，倏忽往来，令人想起柳宗元《小石潭记》所描写的胜景。我向水面撒几粒面包屑，它们立即闪电般冲过来吞食，看来是长期处于饥饿状态。我好奇地问伯母："古人说水至清则无鱼，这样清澈的水，温度又这样低，它们是怎么活下来的？"小勃妈说不知道，老天爷自然给它们安排了活路吧。

再往上爬，几乎到山顶时，仍有清泉，有水池，池中仍有活泼的小鱼。但俯瞰各个水池之间连着的那根"藤"，很多地方是细长而湍急的瀑布。无论如何，山下的鱼是无法用"鲤鱼跃龙门"的办法一阶一阶跃上来的，那么，山顶水池中的冷水鱼是从哪儿来的？自己飞上来，鸟衔上来，还是盘古开天辟地时就撒在山顶了？我实在想不通，小勃妈也不知道。那么，等我回北京再去请教鱼类专家吧。

大自然中生命的坚韧让我生出宗教般的敬畏。

见闻之二：快到家时，就在小勃家和天文台之间，一处面临绝壁的平台上，我看见一个柴堆，用小腿粗的松树圆木堆成整整齐齐的"井"字垛，大约有肩膀高。我问伯母："这是你们储备的干柴吗？怎么放这么远？"小勃妈摇摇头，眼睛里现出一片阴云，但很快就飘走了。

她平静地说："不，是为小勃准备的。他交代死后就地火化，骨灰也就近撒在悬崖之下，免得遗体往山下运了，山路陡，太难运。"这位当妈的看着我的表情，反过来安慰我，"姑娘，你别难过，俺们跟'死'揉了一二十年，已经习惯了。"

"阿姨，我不难过。小勃的一生很短暂，但活得辉煌死得潇洒，值！"我笑着说，"其实我很羡慕他的，不，是崇拜他，是他的'哈星族！我也要学小勃改名字，叫白哈楚哈勃。"

阿姨被我逗笑了。

这是我在此地逗留的最后一个晚上，明天就要和他们三人告别，和山林告别，回到繁华世界，重做尘世之人。夜里，我睡在客厅的活动床上，难以入眠。听听马先生卧室里没有动静，而小勃屋里一直有轻微的窸窣声，我干脆推开他的屋门，蹑足走近床边，压低声音问：“小勃，你睡着没？你要没睡着，咱俩再聊一晚上，行不？”

小勃没睡着，黑色的瞳仁在夜色中闪亮，嘴唇动了动。他是说“行”，这些天我已经能大致读懂他的口型了。

我没让他坐起身，他仍那么侧躺着，我拉过椅子坐在他面前，与他脸对脸。怕影响那边两位长辈，我压低声音说：“小勃，你说话比较难，这会儿又没灯光，看不清你的口型。那就听我说吧。我采访了你的前半生，也谈谈我的前半生，这样才公平，对不？”

小勃无声地笑（大概认为我竟自称“前半生”是倚老卖老），无声地说：“好，你说，我听。”

我天马行空地聊着，思路跳到哪儿就说到哪儿。我说：“我和你一样，从小乐哈哈的，特别爱笑。上初中时，有一次在课间操中，忘了是什么原因发笑，正巧被校长撞见。按说，在课间操中进一声笑算不上大错，问题是我笑得太猖狂，太有感染力，引得全班女生笑倒一片。校长被惹恼了，厉声叫我跟他到校长室去。我爸也在本校任教，有人赶忙跑去告诉他：‘不得了啦，你家小果不知道犯了啥大错，被校长叫到校长室了，你快去救火吧！’我爸神色不变，安坐如常，说：‘没关系的，能有啥大错？最多是上课时又笑了。’——真是知女莫若父哇。”

我又说：“我不光性格开朗，还特胆大，游乐场中连一些男孩子都不敢玩的东西，像过山车、攀岩、激流勇进等，我玩个遍。我大学时谈了个男朋友，就因为这件事吹了。他陪我坐了一次过山车，苦胆都被吓破了，小脸蜡黄，还不停地干呕。按说，胆子大小是天性，怪不得他，而且他能舍命陪我，已经很难得了，但我嫌他感情上总腻腻歪歪的，到底和他说拜拜了，说来颇有点儿对不起他。连我妈也为这个男生抱不平，说："你这样的野马，什么时候能被拴到圈里！'我说："干吗要拴？一辈子自由自在不好吗？'"

时间在闲聊中不知不觉溜走，已经是深夜了。我忽然停下来，握着他的手，盯着他的眼睛说："小勃，明天我不走了，永远不走——不，在你去世前不走了。我要留下来，陪你走完人生的路，就像简·怀尔德陪伴霍金那样。你愿意不？考虑五分钟，给我个答复。可不要展示'不能耽误你呀'之类的高尚情操，我最腻歪不过——相信你不会。喂，五分钟过去了，回答吧。噢，等等，我拉亮灯好看你的口型。"

我拉亮灯。小勃眼睛里笑意灵动，嘴一张一合地回答我："非常愿意。我喜欢你。只有一个条件。"

我不满地说："向来都是女生提条件，你怎么倒过来啦？行，我答应你。说吧，什么条件？"

"你留下来，必须内心快乐，而不是忍受苦难，不是牺牲和施舍。考虑五天再回答我。"

我笑嘻嘻地说："哪用考虑五天？我现在就能回答：没错，我想留下来，就是因为跟你们仁在一块儿快乐，因为我喜欢这里的生活，它和世俗生活完全不一样，返璞归真，自由无羁，通体透明，带着松脂的清香。我真的舍不得离开。告诉你，如果哪天我新鲜劲儿过了，觉得是苦难，是负担，我立马就走。行不？简·怀尔德后来就和霍金离异了嘛。"

小勃的手指慢慢用力握我，脸上光彩流动。我们俩欣喜地对望着，我探起身吻吻他。外边有脚步声，小勃妈来了，她每晚都要帮儿子翻几次身以预防褥疮。

我说："伯母，让我来吧，我已经决定留下来，陪他走完人生。你儿子还行，没驳我的面子。"

小勃妈有点儿不相信，看看我，再看看儿子，然后把我紧紧搂在怀里，说："我太高兴了，太高兴啦。马先生！马先生！你快过来吧，白果要留下不走了！"

马先生匆匆装上假腿赶过来，也给了我一个热烈的拥抱。

第二天八点，我向总编通报了我的决定。那边半天不说话，我"喂"了两声，心想总编大人这会儿一定把下巴都张脱了。他难得慷慨一次，放我三天假，结果把一位主力记者赔进去了。但他不愧为总编，等回答时已经考虑成熟，安排得入情入理："好，白果，我祝福你。记着，我这儿保留着你的职位，你只要愿意，随时都能回来。你今后的生活可能很忙碌，但尽量抽时间给我发来几篇小文章，我好给你保留基本工资——你留在山里也得要生活费呀，我怕你在爱情狂热中把这件'小事'给忘啦。还有，什么时候办喜事，我和同事们一定赶去。"

最后，他感慨地说："白果，年轻真好。我真想再年轻一回，干一件什么事，只需听从内心呼唤而不必瞻前顾后，那该多'恣儿'！"

"谢谢你，老总。拍拍你的马屁吧：你是世上最好的老总。"

我不光碰上了好老总，还有好父母。父母对我的决定虽然不赞同，怕我吃苦，也尽心劝了两次，但总的说还是顺畅地接受了，也赶来山里，高高兴兴地参加了我们的婚礼。

我的生活之河就这样来了个突然的折转，然后在山里汇出一池静水。婚后，我照顾丈夫的起居，推他到院子里晒太阳，和他聊天（大半时间是我说，他听），学会了输液（小勃因卧床太久，常因肺积水而引发肺炎），也没忘记挤时间写几篇小文章寄给编辑部。那边每月把基本工资寄来，虽然比较菲薄，但足够应付山中简朴的生活。婆婆和我一块儿照顾小勃，公公仍然每晚去天文台观测，以继续验证"楚-马发现"——想来世界上所有的天文台恐怕顾不上其他课题了，都在干这件关乎人类生死的大事吧。据公公说，验证结果没什么意外，那个"可见的"蓝移区域，正按照小勃给出的公式逐年向远处扩张，蓝移峰值也向外移动。这是小勃在学术上的胜利，是一个不幸者的人生胜利。当然，我们宁可不要这样的胜利。

一年半过去了，我们确实过得很快乐。爱情无比绚烂，可惜它并不能战胜病魔，小勃的身体越来越差，顽固的间歇性高烧、呼吸困难、瘦骨嶙峋，唯有思维一直很清晰。到了第二年的深秋，有一天晚饭后，他突然把我们三个人都唤到他床前。我们知道他有重要的话要说，都屏住气息盯着他的嘴唇。近来，由于说话越来越难，他已经习惯了以电报式的简短语句同我们对话，而我们也学会了由点而线地猜出他的话意。

他说："我……快乐……谢谢。"

他是说：我的一生虽然短暂，但它是充实快乐的，谢谢三位亲人了。

"累了……想走……快乐地。"

他是说：亲人们哪，我热爱生活，但我确实累了。如果生存不再是幸福，那就让我快乐地走吧。

我们都不忍心。

他用目光盯着我，说："一束勿忘我……新家庭……一定……不许当傻蛋……"

他是说：我的妻子，我的爱，永别前我想送你一束勿忘我花，让我永远活在你心中。但我死后你一定要下山，建立新家庭，寻找新生活新快乐，绝不能在山中苦守，不许做天下第一大傻蛋！

我俯下身，让他看清我的笑容："放心吧，我一定永远记住你，也会很快建立新家庭。不守寡，不当大傻蛋，让你在天堂里也能听到我的笑声。"

他显然很满意我的回答。婆婆对他柔声说："孩子，我们听你的。"

小勃在眼睛里笑了："明早……吧。"

他是说：亲人们，我要走了，让我陪你们最后一个晚上，然后再看最后一次日出吧。

公婆恋恋不舍地离开，把最后一点时间留给我们小两口儿。想来两位前辈今晚一定是无法入睡吧，我和小勃当然也是如此。我们握着手，默默地对望，什么话都不用说了。隔一段时间我就探身吻吻他。后来，不知不觉地，小勃的目光越过了我，盯着遥远的地方，他的目光越来越专注，越来越炽热。我想他的思维已经飘离了我，飘离了世俗世界，飞到了宇宙原点，飞到了时间和空间的开端。我悄悄坐着，不再吻他，不打扰他的静思。我们就这样待到了凌晨，忽然我觉察到小勃的手指在用力，便俯身盯着他的眼睛和嘴唇："小勃，你要说话吗？"

"嗯——爸来。"

我赶紧去唤公公。近两年来，我与小勃早已心意相通，我猜他喊爸来，肯定是萌生了什么科学上的灵感。因为，在理解科学术语或进行理性探讨时，公公更容易听懂他的话。公公来了，婆婆也来了，一左一右坐在他床边。

此刻，小勃的目光中没有我们，他仍盯着无限远处，电报式的短语像井喷一样快速地涌出来，公公手不停挥地记录着："一个新想法。暴胀……转为正常膨胀，孤立波……几个滴答……超圆宇宙……边界反射……扫过内宇宙……多次振荡……离散化，仍是全宇宙同步……内禀决定……仍符合观测值。可验证……盯着……塌陷中心……蓝移会消失……"

他艰难地说了这一大通话，才停下来休息。他又想了想，一丝微笑从他脸上掠过，有如微风掠过湖面，随后加了一句："地球中心论……没有了……"

这些话对婆婆来说不啻天书，我嘛，相对好一点，能约略听出他是对"楚-马发现"做出修正：宇宙确实在整体收缩，但这种收缩可能只是一个孤立波，从宇宙一闪而过。它是从宇宙的暴胀阶段产生的，在宇宙边界多次反射，一直回荡到今天。大致是这么个意思吧。公公皱着眉头，盯着记录纸，沉思着。沉思很久后，公公朝小勃点点头："你的思路我基本捋清了。容我再好好想一想。"

公公回到书房，关上了门。我内心深处喜不自禁——有这件事岔着，小勃至少今天不会想走了。一个小时后，公公回到小勃屋里，手里拿着一张纸，那就是小勃说的东西，公公把它条理化、书面化了。内容是：

1. 宇宙诞生时有一个暴胀过程，时间极短，只是几个滴答（从 10^{-35} 秒到 10^{-33} 秒），然后转为正常速度的膨胀。上述过程已经基本被科学界确认，但没人注意到这个速度上的突然变化是要产生反弹收缩的。那是个纵波性质的孤立波，它肯定会在超圆体宇宙的边界发生反射，扫向内宇宙并多次振荡。这个孤立波的周期在刚产生时极短，在几十亿年后可能离散化、拉长，但肯定也不会太长，比如，不超过一百年。

2. 这个孤立波并非始于宇宙某一区域，而是同一时刻开始于全宇宙，它的同步性也是由内禀性质所决定的。基于此，它同样会表现为此前已经观察到的、蓝移可见区域逐渐扩大的现象，也符合此前推导的公式。唯一不同的是：它很快会结束，是全宇宙同步结束，但相应蓝移是在最先显示的地方最先消失。为了验证它是否真是孤立波，我们可以盯着可见蓝移区域的中心处，即地球最近处的天体，看蓝移会不会在某天结束。

3. 小勃最后追加的那句话则是说：从理论上说该孤立波应该已经多次扫过宇宙，所以我们这一代赶上一次属于正常，并非太赶巧。也许一万年前就有过一次，只是那时的人类没有能力观察到它。这就扫清了前一个假说中的最后一片疑云：不必担心"人类中心论"的变相复活了。

我能感觉到公公的轻松，是常年攀登之后终于登顶的轻松。显然他对这个假说非常满意了。不过，他在给出评价时用语仍相当谨慎："小勃，依我看——只是依直觉——这个假说恐怕是最后结论了。"

小勃眼中笑意盈盈，看来公公的阐述和评价都深合他意。婆婆也在认真听公公解说。我想，这段话的奥义对婆婆来说太艰涩了，她肯定听不明白吧。但是，不，她用最直接的方法理解了，马上高兴地问："马先生，是不是这个意思？——原先你俩说天会塌，是说错了，那个什么宇宙塌陷只是老天打了一个尿颤，打过就完了。我说得对不对？"

　　公公放声大笑，声震屋瓦。这笑声让我非常欣慰。小勃说他干爹的笑声极富感染力，但我并不常听到，毕竟小勃的濒死还是影响了二位长辈的心情，他们的悲伤只是深藏不露罢了。

　　"对，就是这个意思，你的比喻非常贴切！你真是儿子的第一知音哪。"

　　那么，伟大的"楚-马发现"又被发现者自我否定了，准确地说，那个关于蓝移区域的发现倒没被推翻，但原来的理论解释完全被颠覆了。现在，宇宙只是打了个尿颤，很快就会过去，健康丝毫不受影响，还会活到往日预言的天年。具有讽刺意味的是，"楚-马发现"的意义也因小勃最后的成功而大大缩水，至少是无法和哈勃发现并肩了。一个不关痛痒的小尿颤又有什么重要意义呢？但是，当然啦，我们都非常高兴有这个学术上的失败。

　　满屋里都是喜洋洋的气氛。小勃握握我的手。我忙低下头，他清晰地说："不死了……坚持……"

　　我用脸贴着他的脸，欣慰地说："这就对啦，我的好人。咱们一块儿坚持到底吧。"

　　下午，公公把这个结果又推导了一遍，证明从逻辑上没有漏洞，就把它从网上发出去了。我想世界上各家天文台：威尔逊山、帕洛马山、英澳、基特峰、卡拉阿托、紫金山……还有所有的天文学家和物理学家，又该狠狠地忙一阵子了。但那已经与我们关系不大了。我们怀着死而复生的喜悦，重新开始了四人家庭的生活。晚上我们很晚才睡，小勃一直很亢奋，目光像超新星一样明亮，我想，这次宇宙有惊无险地"死而复生"，激发了他活下去的力量，相信他至少能再活十年吧。晚上我与他偎依在一起，切切地絮叨着，对额外得到的"后半生"做了种种打算，包括想要一个孩子（得用人工授精方法）。小勃一直以轻轻的点头做回应。

后来小勃睡着了，我也渐入梦乡，忽然听见小勃咯的一声梦笑，声音十分稚嫩，就像四五岁男童的声音。我在浅睡中好笑地想：这会儿他梦见什么了？返回幼儿园了？上天给他发小红花了？过一会儿，却觉得小勃的身子好凉。我忽然有不好的感觉，从蒙胧中豁然醒来，轻声唤他，推他。小勃安详地睡着，一动不动，但脸上已经不再有生命之光。

他再也不会醒来了。原来，他今天的思维燃烧也是一道孤立波，燃尽了他体内最后的能量。

我喊来公婆，我们抑住悲伤，同遗体告别，给他换上寿衣。我们都没哭，包括婆婆。小勃说过不要我们哭，我们答应过的，不会让他失望。

第二天，婆婆赶到山下去开了死亡证明，下午，我和婆婆把小勃的遗体抬到那个"天葬台"边，放到"井"字形的柴堆上。三个亲人再次同小勃的遗体告别后，我亲手点火，干透的松木猛烈地燃烧，明亮的火焰欢快地跳跃着，散发着浓郁的松脂清香。我的爱人，连同他的灵魂、他的爱、他的快乐以及他的智慧和理性，变成一道白烟扶摇上升，直到与宇宙交融的天际。一只老鹰从我们头顶滑过，直飞九天——不是西藏天葬台上空那种兀鹰，而是此处山中常见的苍鹰。

也许此刻它正驮负着小勃沉甸甸的灵魂。

几天后我同二位长辈告别下山，回到了杂志社。结婚两年，我和小勃没有一男半女。但我从不为得不到的东西无谓惋惜。不久我又结了婚，生了一个女儿。我，还有丈夫和女儿，都常和山中的公婆通话问候，假期里我还领着他们去过两次。我和公公也一直保持着对小勃预言的关注，他仍然很开朗，常在电话里朗声大笑："别着急，老天的那个尿颤还没打完哩，哈哈。"

公公没看到验证结果，八年后他去世了。我赶过去，与婆婆一块儿把公公火化了，就在火化小勃的那个地方。我劝婆婆跟我去住，她笑着拒绝了："媳妇，你放心，有那爷儿俩在这儿陪着，我不会寂寞的。"她叹息一声，"我舍不得丢下那爷儿俩。"

她要在这儿苦守一生了，要做大傻蛋了。不过我没有硬劝她，每人有每人的信仰，只要能够满足内心需求，那种生活就是幸福，哪怕物质上苦一些。她不要我安排保姆，但我还是为她请了一个家住附近的兼职保姆，安排她每星期来两三次，以备有什么老人干不了的活。然后，我依依不舍地离开了。

小勃去世十三年后，他的预言被验证了。近地天体的光谱蓝移突然减弱并消失，那个古怪区域的中心又恢复了正常——就像台风中晴朗的台风眼——并逐渐向外扩大。宇宙打了一个小尿颤，为期仅仅五十年，这在几百亿年的宇宙寿命中，连"一眨眼"都远远算不上。楚、马两位让世人遭遇了一场虚惊，又笑着宣布："哈哈，只是一个玩笑而已。"不过，我总有一个没什么道理的想法：也许经过这场虚惊，即使明天天真的塌下来，人类也能从容应对，至少不会集体性心理崩溃了。

对那个无可逃避的人类末日，这次权当是一次全员演习吧，虽然时间太早了点。

又三年后，婆婆病重，我和丈夫接到保姆电话后迅速赶去，伴她走过最后几天，然后在老地方把她火化了。我把公公的天文台，连同没有了主人的住家，都无偿赠给附近的景区。他们很高兴，说这么难得的资源，正好为游客，特别是学生们，开辟一个"天文游"的新项目，这肯定会很红火。他们还许诺将来收入多了要跟我分成。我笑着没有拂他们的兴头。我想，只要他们能保持天文台的运转和楚-马故居的完好，有点铜臭就有点铜臭吧。游人中总会有几个真正了解"楚-马发现"的人，他们可以瞻仰故居，追思逝者。

婆婆去世一年后，我领着家人又回去了一次，那也是最后的一次。我领女儿参观了那幢故居、天文台，还有三个灵魂升天的地方。女儿十五岁，颇得其母家风，爱疯爱笑。她不知道被挑动了哪根筋，对天葬台这儿特别喜爱，又是蹦又是笑，连声惊呼："这儿太美了！仙境！杨过和小龙女修炼的地方！你看天上那只鹰，一定是独孤大侠的神雕！"丈夫一向心思缜密，怕对死者不敬，也怕我心中不快，忙悄悄交代女儿不要笑得太疯。我听见了，笑着说："别管她，想怎么疯就怎么疯。那三位都是很豁达的人，九泉之下有知，只会更高兴。"

我原想在这儿立一块碑，或在石壁上刻上三人的名字，聊作亲人和后人们追思的标志。后来，我觉得这样做有点儿俗，逝者不一定喜欢——我能想象小勃在另一个世界里含笑望着我，不以为然地轻轻摇头——便自动中止了这个打算。后来，我辗转找到余华，求得一份墨宝。这次来吊唁，我顺便请石工把它刻在天葬台附近的石壁上。在錾子清亮的敲击声中，在家人两双眼睛的盯视中，两个字逐渐现形。字体是魏笔，端庄大度中不乏潇洒飞扬。当然，它就是小勃说过的那两个字，一句极普通的乡言村语。不过，如果人们都能真正品出字中之意，也就不枉来世上走一遭了。

汨罗江上

夏笳

这或许是一篇科幻小说，或许不是。

但在一切开始之前，我只有一个请求：慢慢看。

很慢、很有耐心地看。如果你在网上看，试着把其他网页暂时关掉；如果你拿着书，坐下来，坐在一个比较安静的地方，试着把你的表藏起来。这故事并不长，我保证，慢慢地看，你不会损失什么。

就假设这是一次突如其来的旅行，你不知道目的地在哪里，不知道路上到底有什么，不知道是否会有奇遇，但请试着放慢脚步。

现在，你可以开始看了。

—

那是一个炎热的夏夜，刚下过一场透雨，泥腥气肃杀微凉。我坐在狭小凌乱的卧室里，黑暗中只有电脑屏幕散发出幽光，大片白亮中陈列着稀疏零落的几行字：

尊敬的小丁先生：

您好！我一直以来都想给您写封信，拖到今天才终于动笔，却又一时不知道说些什么好。

我不知道您是否还有印象：今年七月份，在成都的科幻笔会上，我有幸作为一个新人作者坐在您旁边，当时我说，我非常喜欢您写的那些精彩活泼的科幻故事，您只是谦逊地对我笑笑。其实在这之外，我还有很多话想跟您说，那时候却一句都想不起来了。

大会结束前，我终于鼓足勇气要了您的 E-mail 地址，然而自那之后又过去了一个月，我无数次想要逼迫自己坐下来好好写这封信，却又无数次纵容自己向后拖。

信到这里就结束了，半封没有写完的陈年旧信。往日的记忆翻涌而来，我轻叹一口气，戴上眼镜一字一句地继续写下去：

是的，我想人们总是这样，把一件简单的事情拖得很久，直到最终变成遗憾。

说回那次笔会吧。我依然记得您在会上说过，想要写一篇好看的小说，无论是科幻或者别的什么题材，最重要的一件事在于，要使小说在创意、结构、情节、语言和人物塑造等各个方面达到一种微妙的平衡。如此简单的一句话，对我却如此重要，当我在之后的岁月里慢慢摸索写作之路时，时常会想象您就站在我身后，指点我该怎样谋篇布局、恰如其分地推动情节向前发展。

现在我遇到了问题，它关于一个故事，一个构思了很久却又不知道该如何下笔的故事，问题在于，一旦我想到这个故事的开头，就有无数种可能性从内心深处涌现出来，彼此碰撞反应，像一缸成分复杂的化学试剂，制造出千万种不同的效果，我却对它们束手无策。

这种茫然的状态令人既痛苦又兴奋，这也是我写信给您的原因之一，或许您的宝贵意见可以让这一切变得明朗起来，像是最有效的催化剂。

故事的名字叫作《汨罗江上》，我把它的开头放在附件里，希望您能看一看。坦白地说，我觉得这个开头很糟糕，虽然用了很长时间才勉强拼凑出来，却依旧很糟糕，所有的人物都不在我的控制下，他们好像一些有生命的人，不愿意被我捕捉到他们的谈话和行动，甚至每重写一遍情况都会完全不同。我迷失了方向，仿佛陷入一团迷雾，故事就这样搁浅在一切还未发生的这一刻，完全写不下去了。

可能性是一种多么迷人而又可怕的东西，我们每个人都在可能性中挣扎，四处乱撞，小说中的人物也是这样。怎样才能让故事顺其自然地发展下去呢？迄今为止，我竟连一个完整的结局都没有想出来。

给我一点帮助吧，这对您来说也许微不足道，对我而言却意义非凡。也许整个故事，包括故事以外的许多东西，都将因为您的一句话而改变。

期待您的回信。

科幻爱好者 x 敬上

2006.8.23

我在收件人地址中键入 Xiaoding2006@Tmail. com，然后把这封信发了出去。

附件 1：

汨罗江上

风从江上吹过，流淌的雾气被兑浓然后冲淡，露出黛青色的水面，如水银般泛起细碎黏稠的波纹。

这是一个阴郁寂静的上午，水波携卷着苇草摇曳的声响在四周起伏荡漾，偶尔有一声凄厉的鸟鸣滑过水面。柏羊抱着肩头，独自立在潮湿的冷风中打着寒战。

说是五月，却还是这么冷，他心里暗暗骂了委员会那帮老头子一句。身上的衣服不知道是用什么材料做的，粗糙得很，被风一吹就透骨冰凉。

一叶窄窄的乌篷小船从雾中滑来，无声无息地停靠在岸边。

"考生 HP2047-9？"清甜的声音从竹帘后飘出来。

柏羊抵住牙关间的战栗，咧着嘴答道："是我。"

竹帘缓缓升起一角，他低头跳进船，温暖的茶香扑面而来，拳头大小的茶壶正在炉上腾起袅袅的白气，旁边低头沏茶的女子白衣长发，动作优美娴熟得仿佛古卷上的仕女。

对柏羊来说，眼前的景象却多少有些像某个过时多年的虚拟游戏场景，他尴尬地笑笑，找个角落坐下，说声："来挺早哇。"

女子抬头看他一眼，她有一张娃娃脸，嘴角往上翘，像是似笑非笑的样子，露在袖子外的雪白指尖一摆，将茶杯推到他面前。

"这是……"柏羊盯着粗瓷杯中几片可疑的褐色草叶，小心翼翼地问。

"茶是玉笥山上的新茶，水是汨罗江水，时间紧任务急，将就用吧。"

柏羊犹豫半晌，接过来捧到嘴边抿了一口，一股涩味直冲上来爬满了舌头。

"怪是怪了点……"他偷看了对方一眼，"还能喝。"

白衣女子只是专心吹着杯中茶沫，过一会儿才抬眼看着他，说："还没到时间呢，随便聊聊，你别紧张。"

柏羊一愣，心想不紧张才见鬼呢，嘴里说："那是那是。"

"我是你的监考官，编号 G-56。"女子手腕一翻，把电子识别码亮给他看，"先问一句：你对这次的任务了解多少？"

"还行吧。"柏羊挠挠头，"来之前，看了点书……"

"听说你是心灵历史系高才生。"G-56 定定地看着他，"年纪轻轻的，不简单哪。"

"哪有您年轻哪？"柏羊连忙跟上，"您一出场我还真有点蒙了，心想这哪像考试呀，分明是《金庸群侠传》嘛……"

"这也正是我要提醒你的。"G-56 轻轻一摆手，打断了他意图过于明显的表白，"这不是虚拟情境中的模拟练习，尽管考试说明里已经说得很清楚，很多考生还是会产生这种错觉。看看你周围，一切都是曾经真实存在过的历史情境，天气冷热，江上的气候，茶叶的味道，绝不存在任何编程中可能存在的错误，因为我们身处的是一段真实的时空。"

柏羊愣了一下。

"你所见到的角色，也是真实存在的人，这一点很重要。"G-56 伸出指尖在自己小巧圆润的鼻子上点了一点，"一个真正的人，内心中总有一部分是难以用书本上的方法来衡量和计算的，我们需要的，也正是那种能够在真实情境下成功解决问题的人才。自从心灵历史学的执照考试创建以来，委员会便决定将这门历史实践放在全部测验的最后，也是最重要的位置，它的通过率从来都是最低的。"

"这一场挂掉，前面几个月就白忙活了，这我明白。"柏羊叹口气，"您都这么说了，我能不紧张吗？"

"就是随口一说，职业病。"G-56 笑得很灿烂，"你还有什么问题没有？"

柏羊说："我就是有点没想通，既然真的穿越了时空，难道我们所做的一切，就不会对历史进程产生干预吗？"

"当然不会。"G-56 摇摇头，"整个过程是被精确控制的，相当于从过去借来一整段封闭的时空，你可以无限次地任意使用它，像使用一段磁带的拷贝，而不会对原先的版本产生任何影响。"

"所以我们找上这些人？"柏羊望着窗外雾气缭绕的水面，"我听说过那些稀奇古怪的考题，希特勒、穆罕默德、埃及法老、'五月花号'、哥本哈根……你不觉得做出这种事的老头子们都很变态吗？"

"至于你所抽中的这一情境，迄今为止的通过记录是零。"G-56 笑眯眯地托着腮，"运气不错呀。"

柏羊从喉咙间挤出一道痛苦的呻吟，两手抱住头不说话了。

茶壶继续在炉上咕嘟咕嘟地煮着，腾起温暖的气息。窗外，却依稀有渺渺的歌声从远处飘来。

"是他吗？"柏羊抬头向外望去，江上雾气越发浓重，几乎看不到岸边。

G-56 点点头，说："怎么样？准备好了吗？"

"走一步算一步……"柏羊苦笑一声。

"那么，开始计时。"G-56 手法优美地一掀，便不知从哪里拎出一只巨大的沙漏，洁白的细沙如涓涓细流般开始流转，宁静得有些不真实。柏羊做了个彻底拜服的姿势，急匆匆向舱门移动两步，又不甘心地回头问道："顺便，我能问下您的名字吗？"

G-56 甜甜一笑，说："浔箐。"

"人如其名。"柏羊点点头，说，"死也瞑目了。"便颤巍巍地掀开竹帘向外爬去，身后，G-56 的声音如低沉的丝弦般传来："祝好运，哈里·谢顿与你同在。"

"同在就同在吧。"柏羊心里默默嘟囔着，运一口气跳出了船舱。

古老而陌生的歌谣在雾中穿行，隐约间，那高瘦的身影已经越来越近了。

二

x:

你好！你没有说你的名字，所以我只能这样称呼你。

坦白地说，我不能说我完全看懂了你的故事开头。一次心灵历史学考试，在战国时代进行的吗？和屈原有关？这个想法很有意思，我猜你是个学生，或许正在为某次历史考试忙得焦头烂额，对吗？

目前我还不是很清楚你想用这个故事表达什么主题，开头的对话挺有意思，我喜欢那句"哈里·谢顿与你同在"。但之后会怎样发展，我也猜不到。

对你所说的迷茫感觉，我也常有体会。其实，从来没有任何一篇小说是"恰如其分"地自然呈现在笔下的，总要经过一次又一次的构思、推敲、试验，才能达到那种所谓微妙的平衡状态。你可以试试多写几稿，拿给你周围的朋友看，甚至先放一段时间，看点别的书，出去走走，丰富的经历有时候会意外地带给你灵感。

你大概是个心思细腻的人，对想不通的问题一想再想，其实有时候不妨试着放轻松一些。人生未必可以完美无瑕，又何况短短一个故事，重要的是把你的想法完整地写出来，拿给别人看，然后再确定自己应该努力的方向。你还年轻，不是吗？

也期待看到后续，祝 2047-9 和 G-56 好运。

你的朋友　小丁
2006.9.2

二

尊敬的小丁先生：

您好！我收到您的回信非常激动，几乎整夜无法入睡。是的，这封信意义重大，我会好好保存它的。

　　说到我的故事，在过去的岁月里，我曾无数次打算放弃，但现在有了您的鼓励，我又想试着努力写下去。您说得对，重要的是把它写出来。过去我似乎太紧张了，闷在房间里没日没夜地想了又想，以至于每下一笔都如此艰难，生怕出什么差错。

　　今天傍晚我出去转了一圈，只是一个人默默地走了很远，沿路看着四周的景色。天气闷热，像是要下雨的样子，街上几乎没有什么人。回来后我就看到您的信，一时间竟觉得空气都清透起来。

　　刚才我又写了一小段，一起附在下面，希望能继续得到您的指点。此时已经是深夜了，外面电闪雷鸣，大雨敲打在窗户上，院子里的石榴树在风雨中摇摆个不停。

　　祝您有个好梦。

　　btw：2047-9 和 G-56，只是向您致敬的小小玩笑，希望您不要介意。

您的读者 x 敬上

2006.9.5

　　附件 2：

　　寒风扑面而来，柏羊赤脚蹚过冰冷的江水，看着屈原向他慢慢走近。

　　与想象中的多少有些不同，眼前的男人气色虽然憔悴，两颊因为衰老和疲惫微微凹陷了下去，神情却是温和宁静的。他的眼睛里有一种迷茫却又极其深邃的光，他默然地望着前方某个很遥远的地方。

　　"是三闾大夫吗？"柏羊远远地招呼了一声。他的声音经过语音矫正和波形变换，被自动调整为当地绵软古朴的方言。

屈原站住了。

"是我，什么事？"

"没事呀，这不是路上遇到了，上来打个招呼嘛。"柏羊殷勤地迎上去，现在他从姿态到声调，都完全像一个清早来江边闲逛的渔民，"什么风把您给吹来啦？"

"什么风？"那张苍白的脸上浮现出一丝苦笑，"是这世间的不正之风吧。举世皆浊我独清，众人皆醉我独醒，偌大一片天地，除了这片水边，我又有哪里可以去呢？"

"您这么说我就不明白了。"柏羊煞有介事地扯住对方的袖子，"别人是别人，自己是自己，您要是看不惯，不跟他们一般见识不就完了吗？我们这些劳动人民出身的人没读过什么书，都知道出门打鱼要看天。人再大能大过天吗？顺应时代潮流才是真的。您是个圣人，不会连这点道理都想不明白吧？"

"别人是别人，自己是自己，你说的一点不错。"屈原看着他，五十多岁人的眼睛，还是清澈得如少年人一样，"你在江边，日出而作，日落而息；我在深宫，日夜思虑，不得安眠。你的豁达不是我能轻易得到的，我的痛苦也不是你能轻易体会的。"

"其实我是想说……"

屈原摇头打断了他，声音越发低沉下去："我生在这个尘世上，每长一岁，都要更爱它一分，更明白它一分，却也因此离它更远了一分。事到如今，这世间已经没什么可留恋的，只是这一颗心，沉重得再也背负不动了。"

"您这话说的……"柏羊的额角不由得渗出一片热汗来，"大人您换个角度想想看：就说咱们人吧，人为什么要活着？"

"这问题就不是我能回答的了。人活着大约除了吃喝繁衍之外，就是思考天地造化的问题吧。"

"是呀，这问题别说一辈子想不明白，就算再过一千年一万年怕是也不够。您在这世上不过求索了几十年，怎么就能说毫无牵挂了呢？"

"既然如此，千万年和几十年之间，又有什么区别呢？"屈原微笑着，笑容牵动了嘴角两道深深的皱纹，在悲天悯人的智慧中透出几分凄凉，"你是个聪明人，能跟你说这一番话，我很高兴。你叫什么名字？"

"区区一个渔民而已，不值一提。"柏羊快快地摆摆手。

"很好，你走吧。"屈原的眼神重新变得空洞起来，他怔怔地望着茫茫江面发呆，"让我一个人待一会儿。"

沉默半晌，柏羊叹口气转身离去。

乌篷小船里，G-56仍在慢条斯理地喝着茶，柏羊一言不发地坐下，烘烤着被雾气濡湿的身体。

"怎么样？"

"你不都看见了吗？"

"问你心情怎么样。不好办吧？"

柏羊闷闷地垂着头不说话，G-56重新斟了一杯茶推到他面前，他犹豫了一下，端起来一饮而尽。

"你说有些人，怎么就这么轴呢？辩了一圈又一圈，还是给转回去了……"他郁闷地喃喃自语。

G-56若有所思地支着腮帮子说道："东方哲学的本质就是一个圈，相比之下，辩论和质询这些源自古希腊的技艺发展到尽头，早已沦为一种低效的语言范式，要真正对他人的言行发生影响，靠的是……"

"我懂我懂，"柏羊扔下空杯子，"人心嘛，课上都讲过。回溯，我们重新来一次。"

G-56微微一笑，伸出手轻拍了三下。

只是一瞬间，小船便无声无息地向前滑动，逆着水银般凝重的波纹回到时间轴的原点。汩罗江水汇聚又散开，向着已经确定的未来一轮一轮地继续涌动。

四

x:

你好！读你的信就像看小说连载，每次一小段。

我很高兴看到你的故事有了进展，虽然篇幅不长，却时常出人意料。继续写吧，现在我对之后的情节发展很有兴趣，生或者死，这是一个问题，不过太早去猜结局就没意思了。

我最近事物繁忙，或许不能及时回信，但你的故事我一定会看。

又及：我当然不会介意了，但G-56似乎太严肃了些，你不这样觉得吗？

你的朋友　小丁

2006.9.28

五

九月之后，天气迅速凉爽下来，窗前那棵枝繁叶茂的石榴树开始挂起硕大的果实，我却很久没有动笔。

日子一天天迅速流过，冬至那天，一封来自远方的邮件意外地出现在邮箱里。

x：

你好！很久没有你的消息，还好吗？2047-9 和 G-56 可好？

今天家里包饺子，闲聊时夫人突然提起你（她也看了你的小说），想起来写信问候一声。

天冷，祝你身体健康。

你的朋友　小丁

2006.12.22

一瞬间，几个月前那些潮湿的夏夜气息突然地从窗外涌入，弥漫在四周。

我坐在桌前愣了许久，然后把以前的邮件和小说片段找出来重温，一字一句地写下回信。

小丁先生：

您好！感谢您的关心，过去那么久，我没想到还会再收到您的信。是的，我最近身体不太好，今年冬天真的太冷了，我仿佛总是在生病，膝盖和双手从早到晚都是冰凉的。

坐在窗口向外望，阳光缓缓地从远方的楼群间穿过，时而明媚时而阴晦，凛冽的寒风吹得一切能发出声音的物体哗啦啦地抖动。偶尔有珍珠色的鸽群，零乱地围绕着某个窗口盘旋，它们的身体竖在空中拍打着翅膀，归巢的姿态优美而悲怆。

我时常会想，这样寒冷的天气里，鸽子们聚成一堆挤在狭小的鸽笼里，相互摩擦羽毛，呼吸着温暖而浓郁的空气，一定很幸福吧。

小说越写越慢，但我还在试着继续，再附上一段吧。这次我安排了女婴这个人物出场，却仍旧难以描述她的言谈举止、性格容貌。史书上关于她有太多猜测、太多不同见解——不同的身份、不同的人格、不同的处事态度，甚至有人认为她并不存在，只是《离骚》中一个代表世俗力量的文学形象。

不过我想，对于那个心怀绝望的人来说，总有那么一个温柔而坚定的声音，这是他和这个冰冷的世界之间唯一的纽带吧。

期待继续得到您的指点。

x 敬上

2006.12.25

附件 3：

技术从来都是万能的，柏羊转个圈子，甚至能听到裙裾摩擦发出的粗糙却柔软的声响。

"这很适合你。"G-56 抿着嘴不出声地笑，"神情还差了那么点，别这么苦大仇深的，笑一笑，对，笑，温柔点行不行？露这么多牙干什么？"

柏羊被摆弄了半天，总算站定了，摆个拈花微笑的造型，说："到底行不行啊？求你了，别整我。"

"行不行还得看你的演技，相由心生。"G-56 歪着头退后三步，又凑上来把散开的衣带整理成一个别致的造型，说，"好了好了，就这么去吧。"

全息造影技术的神奇之处在于影音光色全方位多角度地逼真模拟，它成本高，运算量大，有延时，但就是精确可信。任何一个人都可以像神话中的七十二变或者虚拟 RPG（角色扮演游戏）中的人物一样方便快捷地改变自己的形象，几乎以假乱真。

尤其是在这样浓雾弥漫的天气里。

柏羊向岸上走去，嘴里轻声哼唱着一首古老陌生的童谣，这声音同样不属于他自己，低沉柔和中蕴含着某种宁静而坚定的力量。歌声随着细碎的脚步声一丝一丝散开在雾中，他却觉得自己像个全副武装的战士，正透过严丝合缝的甲胄向外窥视，一步一步接近目标。

那个瘦高的身影向他走来，眼中泛出不可置信的神色，然后在距离他三步远的地方站住了。

"阿姊……"他只轻轻唤了一声，就再没有第二句话，两人站在那里对视着。一瞬间，柏羊纷乱忐忑的心突然沉静下来，他轻叹了一口气，低声说："你要去哪里？"

像是一个出来玩得太久忘了回家的孩子一样，屈原竟避开了他的目光，许久才自嘲地笑一声，喃喃地道："去哪里？我也不知道。"

接下来应该说些什么？柏羊思忖着：国家？战争？家乡的天气？童年的回忆？这些资料早就准备充分，一条条一列列烂熟于胸，然而面对此情此景，作为他正在扮演的这个角色，他脑中却只是一片空白。

他又向前走近一步，这样的距离已经足够被看出破绽。

"好久不见了。"他挤出一个温柔的、略带哀婉的笑容，"说说看，最近过得还好吗？"

"不好。"屈原竟也笑了，虽然同样是凄苦的。

"比之前还不好？"

"都已经不好了，还比较什么？"屈原还是笑，"以前我年轻气盛，心中总有一股不平之气，阿姊你教我那些为人处世的道理，我总是听不进去。现如今，那些曾让我憎恨和愤怒的人和事，都成了过去，心中那份不平也就慢慢散了，再回想阿姊你说过的话，或许还是有道理的。可惜呀，明白得晚了。"

"你还是想那么多。"柏羊点头又摇头，"晚什么？明白就好，明白就不晚。"

屈原叹了口气，缓慢而坚定地摇摇头，说："晚了。"

"你这样说，让我这个做姐姐的怎么办？"柏羊声音颤抖着，连他自己都不知道是不是装出来的，只是觉得心慌意乱，像要张开手努力攫取什么，却又抓不住。

"你不是常对我说，各人有各人的命？"屈原说，"这是我的命。"

"这时候你倒信起命来。"柏羊抬起眼，用力盯住他，"不要再说了，跟我回去，算我最后一次求你。"

屈原脸上浮现出踌躇的神色，两人站在那里僵持着。许久之后，他柔和地笑了。

"好，我听你的。"他轻声说，"不过你也要答应我一件事。"
"什么？"

"我这块帕子脏了，这还是你当年给我缝了带在身边的，麻烦你拿到上游干净的水边帮我洗了吧。"他从衣袖里抽出一块方巾，陈旧得几乎看不出原本的花色，"这也是最后一次了。"

柏羊接过方巾，一时间竟也说不出话来。这是一句托词吗？又或者真的被他说动了？若是托词，他又该如何？天气虽然冷，他却感到额角渗出了一层热汗，密密麻麻地爬满皮肤表面。周围静得可怕，只有一阵又一阵单调的水声，流淌得如此迅速又如此漫长。

突然间，G-56 的声音在耳畔低低响起："时间。"
"什么？"他按住微型通信器，用最轻的声音回应。

"注意你的时间。"G-56 说，"封闭时空是有限制的，你打算一直在这里守着他吗？"

"你说什么？"屈原疑惑地看着他。

柏羊咬咬牙，脸上变回温柔而凄婉的微笑，说："没什么。那你在这里等我。"

他攥住那块被汗浸透的方巾，转身沿着江畔缓缓离去，身后有一声若有若无的叹息穿透浓雾飘来，紧接着，是一阵沉闷的水声。

于是他知道自己又失败了。

G-56 仍然坐在那里不紧不慢地烧茶，相同的场景看过太多次，竟也令人有了审美疲劳。

"再过一会儿，真正的女婆就要来了，这也是我提醒你离开的原因之一。"

"总之还是不行。"柏羊郁郁地说。

"别泄气，你的演技已经很好了。"G-56 托着腮，"我确信从你们眼中都看得到泪光。"

"好什么？我还是没能进入她的内心。"柏羊低头看着自己的双手，"他也一样。"

"我大概能明白你的意思，不过，演戏毕竟是演戏。"G-56 说，"放松点，好不好？考试过不了是小事，我倒怕考完后你也要去接受心理治疗了，每年都这样。"

柏羊抬起头，说："谁说过不了？我就不信这个邪。再来一次，我们还有的是时间！"

"有志气。"G-56 点点头。三声轻响后，小船又一次消失在雾气缭绕的江面上。

六

x:

　　你好！寒冷的天气里看到这样的文字，略有一点伤感，这个冬天确实发生了很多事。

　　你是否遇到了什么不顺利（这只是我的猜测）？故事的情绪变得愈加哀婉了，悲易伤身，这种沉浸在哀婉中的文字，对于作者本人来说，多少是有些害处的。

　　我现在很少看电脑了，或许不能及时关注你的小说，但仍希望你快乐、健康。毕竟，一个死去两千多年的人有什么值得伤感的呢？只有仍活着的人才是真正重要的。

　　祝你新年快乐。2007 年，会有更多意想不到的美好等待着我们。

你的朋友　小丁

2006.12.28

七

小丁先生：

　　您好！我又有一段时间没有写信了，总觉得在欢乐吉祥的新春佳节里，再用那些啰啰唆唆的故事去打搅您，有些不太合适。

或许您说得对，对一个已经成为历史的人物念念不忘，更多时候只是放任自己陷入低落的情绪而已。这也正是我无数次想要放弃的原因。

不过，既然好不容易写到这一步，不妨试着继续推进下去吧。有时候我写着写着会突然冒出奇妙的想法，将情绪推向某个未曾考虑过的方向，这也是写小说的有趣之处。其实我和您一样，很想看到这个故事的最终结局。

春天很快就要来了，祝您春节快乐、万事如意、身体健康、阖家欢乐。虽然只是一些没什么创意的老话，但请接受我最诚挚的祝福。

x 敬上

2007.2.22

我把收信人的地址改成 Xiaoding2007@Tmail. com，然后点下发送键。

附件 4：

已经忘了这是第几次，刚刚焐热的双脚重新蹚过冰冷的江水，歌声穿过永远散不开的浓雾由远及近，柏羊干脆站在那里不动，双手在宽大的袖子里相互交叉。

"你，给我站住！"他冷冷地喝了一声，然后满意地注视着对方惊恐的神情和颤抖的肩膀，一股恶作剧的快感涌上心头，简直妙不可言。

"疯了，"他对自己说，"我大概真的疯了。"

"冷静些，你不会真的想被关小黑屋吧？"G-56 悄声说。小黑屋，指的当然是心理咨询室，据说那些老头子有办法对你的大脑动手脚，让你不再是你自己。然而柏羊只是站在那里笑，笑意刻在他薄而柔媚的唇角，有一种君临天下的危险色彩。

"大王……"屈原声音轻颤地唤道，眼中又是惊惧，又是质疑，又有几分狂喜。一瞬间，柏羊觉得这个人大概也快疯了，于是嘴角的笑意更盛。

"怎么样，你不是一直想见我吗？"他漫不经心地说，"你总说我不肯听你的话，今天这里只有我们两个，也不必讲什么君臣之礼，想说什么就说。"

"好，我说。"屈原点点头，眼神如火般炙热起来，"大王现在，是人还是鬼？"

"这个问题问得无趣。人怎样，鬼又怎样？你成天跟鬼神交谈游历，怎么，见到我害怕了？"

"说的也是，那容我再问：大王现在，可明白屈平的心了没有？"

"明白明白。"柏羊不耐烦地点头，"你那点心思，全天下的人都明白，可明白又如何？明白不见得能领会，领会不见得能感同身受，有了同感又不见得能依附于你的心意。屈平你是个奇人，奇人便不容于时代；又是个至情至性之人，性情中人难免被性情所伤；还是个好人，好人难活。你的命运，哪是我一个人听了你的话就能改变得了的？"

屈原沉吟着，脸上一点点泛出奇异的光，道："大王你这些话……是从哪里得来的？"

"你呀你呀，就是问题多，我说一句你问两句。"柏羊跺跺脚，"且不忙，我先问你：你说我们君臣二人，最终流落到此相见，到底是因为什么？"

"天道无常？外有奸贼祸国，内有小人乱朝，以致国破家亡。"

"谁说无常？我就要说天道有常，不为尧存，不为桀亡。"柏羊冷笑一声，"历史的发展就像这江水一样，从上游流下，分分合合，源远流长，最终都要流入大海里去的。我们一两个人、一两座城，乃至一两个国，是存是亡，在几千年几万年后的人看来，有什么区别吗？"

"大王……"屈原紧锁双眉刚要说话，被柏羊一挥手拦住了。

"要我说，楚国迟早是要亡的。"他继续破罐破摔往下说，"秦有吞并天下的野心与实力，最重要的是，秦王比我们所有人看得都要远，他要的不是讨伐一两座城池、不是打几场胜仗、不是守着自己一个国家的老百姓，他要看到全天下人用同一种文字、说同一种语言、侍奉同一个王。这叫顺应历史潮流，你懂不懂？"

"屈平……屈平惶恐……"

"你不是不懂，是不愿懂。"柏羊叹一口气，"你是聪明人，我再问你一个问题：若是能重新回到四十年前，你会如何选择？以你我二人之力，你能保证将来吞并六国的是楚，而不是秦吗？"

"这……"屈原微微低下头去，"屈平没有想过，过去，未来……"

"没想过才让你想，时空这东西，远比你知道的要玄妙。"

"小心，"G-56 略带沙哑的声音又在耳畔响起，"不能提起时空旅行相关话题，这是违规操作。"

"闭嘴。"柏羊低声喝道，屈原疑惑地望向他，柏羊冷冷一笑，说，"不关你事，继续给我想。"

"大王，恕我直言，这种问题，屈平以为没有答案。"

"怎讲？"

"若是我们重来一次后，秦也有机会重来一次呢？秦的后人呢？究竟谁看到的结果才算数？"

"好，算你反应快。"柏羊长叹一声，"这么妙的答案，连我都想不到。"

他急匆匆地回头望一眼江上，晨雾正在逐渐消散。时间总是不够用。

"现在，回答我最后一个问题。"他直视前方，用最凝重的声音说道，"现在，你打算去哪里？"

短暂的等待后，他得到了答案。

"我跟您一起走。"屈原认真地说，"去神和鬼的世界。"

"你是怎么回答的？"G-56 抿着嘴憋住笑，任由茶壶在炉上烧得咕嘟咕嘟响。

"我说，你自己去吧！"柏羊恨恨地回答，"服了，真服了他了。"

"注意素质。"G-56 娇嗔地瞪他一眼，安慰道，"别着急，这次已经很接近了，装神弄鬼是你最大的败笔。"

"你不会都记下来了吧？"柏羊突然背后一寒，疑虑重重地看着她。

G-56 笑得更加甜美，说："当然，我从来都是尽忠职守。"

"然后当笑话说出去？"

"考试记录要密封上报给评审组的。"G-56 叹口气，"当然，我们考官也是人，无聊的工作生活也需要调剂。"

"别整我，姐姐，我再也不敢了……"柏羊哀号一声。G-56 竖起一根青葱般的纤纤玉指，向一旁的沙漏点了点。一轮又一轮封闭的时空中，只有它仍在默默地流淌，忠实而精确。

"与其担心这个，不如看看你的时间吧，考试还在进行中。"她像个女巫般神秘地笑着。柏羊有气无力地点点头。

回溯的过程中，他一句话都没说。

八

x:

你好！首先要谢谢你的祝福。

人是一种奇怪的动物，比如我，总是说自己事务繁忙，或者别的什么原因，不能看电脑，不能收邮件，不能写小说。然而春节期间，当我真正闲下来的时候，我却发现自己什么也不想干，只想一个人躺在家里，从书架上抽出几本很久以前读过的旧书堆在床头，偶尔翻上几页，然后发呆，很久之后再翻几页，困了就睡觉，饿了就去冰箱里找东西吃。

　　写小说是件很不容易的事，尽管有时候一些狡猾的作家会说些大话，装出很容易的样子，但你千万不要相信他们。写小说需要你用很长的时间去积累，去思考，去写，去修改，去烧掉失败的篇章，然后继续去写。有时候你会突然发现它已经变成你生活里的一部分，不可分割，活着就必须写，不写就不能活，那种感觉痛苦而幸福。

　　我羡慕你的执着，对一篇小说坚持不懈地继续下去，不管最终能写出什么，这种过程对于生命本身来说，就是最重要的体验。继续努力吧。

　　杰弗里·兰迪斯写过一篇小说，叫作《迪拉克海上的涟漪》，也是关于时间旅行和死亡。这是我所看过的最优美的科幻小说之一，也许你已经看过了，如果没有的话可以试着看一下。

　　也祝你春节快乐，虽然迟了一些。

小丁

2007.3.5

九

　　春天总是短暂的。

　　窗前的阳光一天比一天明媚，洒在逐渐丰盛浓烈起来的枝梢间。满园繁花匆匆开了又谢，像是绚烂的水彩画，在这里或者那里流淌消融，只有那株浓绿的石榴树，依然像刚过去的那个严冬里的一样，沉默坚定得仿佛忘记了时间。

于是我又开始写信了。

小丁先生：

您好！写下这封信的时候，竟然已经是春天了。小的时候，我总是最讨厌春天。北方的春天，一切变化得太快，许多东西还没来得及看仔细就已经结束，没留下一点痕迹，比如很多叫不出名字的野花，比如满天飞舞的柳絮，比如刚发芽的梧桐树那种灰蒙蒙的黄绿色，比如槐花香。

春天里，人都变得懒洋洋的，好像总也睡不醒。我坐在这里继续编织我的故事，每写下一个字都觉得身子变得更轻，好像沉醉在和煦的暖风中，好像随时都要飘扬起来一样。事到如今，故事中的人物已经完全脱离我的控制，朝着某个既定的终结不动声色地前进。我浑浑噩噩地写着，半梦半醒地写着，像一个浑然不自知的旁观者，又像一个茫然恍惚的占卜者。在梦里，我有时能看到这故事的结局，醒来却又全部忘记了。

就这样下去吧，事到如今，在乎结局又有什么用呢？

窗外又在下雨，绵密的雨声里混合着一片夹带尘土气息的青草香。

这是春雨，艾略特在《荒原》的开头写道："四月是最残忍的一个月，荒地上长着丁香，把回忆和欲望掺合在一起，又让春雨催促那些迟钝的根芽。"

一切都在希望与绝望之间摇摆不定，我想快点写完我的小说，又害怕所有的可能性会在结束的那一刻一同走向终结，彻底灰飞烟灭。

祝一切顺利。

P.S.：关于《迪拉克海上的涟漪》，我完全赞同您的意见，那也是我所看过的最优美的科幻小说之一。

x 敬上

2007.4.24

附件 5：

"你是不是觉得我疯了？"

"也许吧。"

"也许？"

"好吧，我确定。"G-56 抱着膝盖坐在那里，像个小孩子，"需要写进报告里吗？"

"别，我说说而已。"柏羊干咳两声，手脚并用地爬出船舱，举起手向后挥了两下，说，"我走啦。"

"路上小心。"柔缓的声音从身后飘来，倒吓得他脚下一软。

"你是谁？"

"哼，连我都不认识，你又是谁？"

"在下屈平，楚三闾大夫。"

"楚？楚不是早就亡了吗？如今这普天之下，哪里不是秦的土地？！"

"你……你是……"

"我是这片大地上独一无二的王，从盘古开天地以来，第一个称霸天下的皇帝，万民都要俯首称臣。我，和我的子孙，将要世世代代统领这片江山。哼，你不认识我，是因为你死得太早！"

"我……我不相信……死得太早，又怎么能看见你？你是假的！"

"榆木脑袋！假的真的，又有什么区别？我说的这些你永远没有机会看到。哈哈！"

"你这疯子！"

"疯子？当然，历史不都是疯子创造的吗？看看你自己，你以为自己就是唯一正常的吗？唯一清醒的吗？不过一个快要死的人，可笑！"

"人，都是要死的，我为我深爱的而死。"

"当然，当然，人都是要死的，可你知道我是怎么死的吗？"

"你？"

"我用了几十年时间修建自己的陵墓，辉煌的、独一无二的陵墓，最终却死在马车里，他们用咸鱼掩盖了我发臭的尸体。"化身为嬴政的男人嘴角勾起一丝阴冷的狂笑，向后倒在河滩上，变作一具臭气熏天的腐尸。

"这算什么？"

"或许什么都不算，回溯，再来一次。"

再次回到江边的，是一个面容憔悴的白人老头，赤裸的臂膀伤痕累累。

"你见过大海吗？老家伙，你在海上与恶浪和鲨鱼搏斗过吗？你在非洲的草原上捕猎过狮子吗？你在枪林弹雨的战场上拖过死尸吗？你有没有试过在不开灯的房间里整晚不入睡？你有没有试过失去一只眼睛的滋味？你有没有在医院里读过自己的讣告？是的，我说这些你都不会懂，不会懂。我见过的已经够多了，你呢？你见过什么？听着，老家伙，不要为那些折磨过你、侮辱过你的东西伤心难过，要战斗，跟一切想要毁灭你、让你倒在地上爬不起来的东西战斗，包括你自己！"

再一次回来，他以受难者的形象被钉上了高大的十字架。

"父哇，赦免他们。因为他们所做的，他们不晓得。"他抬头对天空说。

"我实在告诉你，今日你要同我在乐园里了。"他低头对门徒说。

"母亲，看你的儿子！"他低头对玛利亚说，又对约翰说，"看你的母亲！"

"以利，以利，拉马撒巴各大尼？"他痛苦地呼喊。

"我渴了。"他尝了绑在牛膝草上蘸满醋的海绵，然后说，"成了。"

最后一句话是："父哇，我将我的灵魂交在你手里！"然后他低下头，走向短暂而永恒的死亡。

"我只愿面朝大海，春暖花开。"他背诵了那首诗，伸手在空中拍了三下，然后消失不见。

"生存还是死亡，这是一个问题。"他说。

他一次又一次穿过永远散不开的晨雾踏上江岸，以约翰·列侬的样子，以弗吉尼亚·伍尔夫的样子，以亚伯拉罕·林肯的样子，以凡·高的样子，在那之后，是乔答摩·悉达多。

十

小丁先生：

您好！一篇小说的结尾总是令人头痛，当人们意识到自己的故事终于面临结束，不得不老老实实为它编造一个完美结局的时候，总是忍不住从心底感到恐慌和压抑，感到怅然若失，就像坐在黑暗的电影院里，看到屏幕上浮现出 The End 或者 FIN 时的心情一样。

如同我现在正在做的那样。

您还记得我写给您的第一封信吗？那时我是如此彷徨，不知道自己脑中纷乱迷茫的一切该如何整理出头绪，不知道该如何按照恰当的时间和逻辑顺序写出来。很多年前，曾有一位教美学的教授对我说，不要急着去寻找答案，不要用自己的思维模式去强行梳理纷繁错落的事物现象，你只要关注你的课题，虔诚地，用心灵去观照，足够长的时间后，答案会自己浮现出来。

奇怪的是，无数次的失败与尝试后，我竟然发现他说的是对的。

然而这个故事终于结束了，在附件中，一切谜底即将揭晓。我不知道想说的一切是否终于说了出来，不知道您是否明白，但无论如何，结束了，此时此刻我无法形容自己的心情。

写完一篇小说就是这样的感觉吧，希望您喜欢这个故事。

x 敬上

2007.4.24

附件6：

"时间不多了。" G-56 双手轻按着巨大的玻璃沙漏，指尖和面颊都泛出淡淡的红色，洁白的细沙在她面前淌下，如一线游丝。

"只剩最后一次了？"

"或许，最后一次。"

"好吧，我走了。" 柏羊叹一口气，"再祝我一次好运吧。"

G-56 低下头，指尖交叉："好运，哈里·谢顿与你同在。"

最后一次出场，他恢复了自己的本来面目，一个人，孤零零地站在江岸上，等待。

"早，我们又见面了。"他牵动干涩的嘴角急匆匆地说着，声音因为疲惫而粗哑得如同沙砾，"也许你会对我说'又'字感到奇怪，不过这些都不重要，现在听我说，我们时间有限，不管你当我是神也好，是鬼也好，我所说的每一个字都是真的……"

他坐在那里滔滔不绝地说着，从第一次踏上这片命运注定的空间开始，每一次相遇，每一次对话，每一个小细节，一字一句清晰而详细地描述着。

我是始，我是终，我是阿尔法，我是欧米伽，我是楚怀王，我是海明威，我是最初的皇帝和最后的人子，我是你第一次见到的那个普普通通的渔夫，昔在，今在，将来永在。

一切都结束后，他就此消失了，如同来时一样没留下任何痕迹。

"这算什么？"G-56睁大眼睛望向岸边，那个高大寂寥的身影依旧站在那里，如一尊凝固的雕像。

柏羊靠在角落里垂着头，额发遮住了眼睛。"我累了，"他说，"很累。"

"解释一下，否则我没法写报告。"

"让报告见鬼去吧。"从牙缝里挤出这几个字后，柏羊沉默了一会儿，抬头说，"对不起。"

"可以理解。"G-56说，"我当年也是这样过来的，只是，为什么，我想知道。"

"每个人在穿越时空的过程中都会多少保留一点模糊的记忆碎片。"柏羊缓慢而疲惫地回答道，"DejaVu[1]，或者别的什么称呼，在一瞬间，你觉得眼前的情景似乎曾发生过，那是因为在不同的时空中曾经历过，这

①原文为法语 déjà vu，中文翻译为"似曾相识"。

是真实的人才会有的特质和可以反复使用的磁带与虚拟游戏存档所不同的地方。我把那个人经历过的一切重新告诉他，他就回忆起了更多，过去的，未来的，真实的，虚幻的，人的大脑永远是最奇妙不过的东西，在那一瞬间，他已经领悟了太多，远远超越他所属于的那个时代。"

"结果呢？"

"他在思考，你看不到吗？思考这一切背后的秘密、所有终极问题的答案，关于时间、空间、历史、未来、生存、死亡，或许一辈子就这么思考下去。"柏羊年轻的脸上浮现一丝苦笑，"毕竟，这些问题永远没有一个完整的答案。"

G-56 垂着头沉默了一阵，最后一点细沙在她面前的沙漏里缓缓流淌，然后静止，宛如一声洁白的叹息。"好吧。"过了许久，她点了一下头，"还是要恭喜你，通过了考试。"

"那又怎么样？"柏羊像个小孩子般握紧了拳头，"我都做了些什么，我们做了些什么，你真的明白吗？！我们凭什么决定别人的命运，活着或者死去，真的可以选择吗？！"

"冷静点……"

"不要跟我说这些！"柏羊深吸一口气，转过头直视着 G-56 清亮的眼睛，"我只是觉得，一个人超越自己的时代孤独地活下去，未必是幸运的。"

"也许你说得对。"G-56 避开他的视线，"不过又怎样呢？一切都结束了。"

"是的，结束了。"柏羊呆了一会儿，低声说，"在既定的历史时空中，他的命运还是一样的，对吗？当我们回到原点，一切仍像没发生过一样，这就是时间。"

"你想得太多了。"G-56 指尖交叉支着下巴，说，"记住，这只是开始，以后你还有无穷无尽的时间来思考这一切。现在，我们回去吧。"

柏羊低下头，重重地闭上眼睛。

三声清脆的拍手声响起，在潮湿凝重的雾气里留下最后一丝细微的震颤，随着被惊动的灰白色鸟群一同绵延四散开来，滑过波澜不惊的水面。

仿佛感应到什么似的，远远地，那伫立在江边的身影终于动了一下。

十一

x：

你好！恭喜你最终完成了它，这是一个很好的故事。虽然你还有很多机会修改，让它更精美、更细致，但故事本身已经足够有趣，有趣，而且意味深长。

试着拿去给你认识的编辑看看吧，这样你就又前进了一步。写小说就是这样，有些人走得快些，有些人慢些，但重要的是，你要一直鼓足勇气向前走，哪怕每天只走半步。

我没有什么更多的话留给你了，之前已经说过很多，感谢你如此信任我，跟我分享你的创作历程，对我们每个人来说，这种分享都是弥足珍贵的，谢谢。

我最近要离开一段时间，短期之内或许没办法回信，希望我回来后，能看到你的文章发表。遗憾的是，到现在我还是没能想起你的名字，或许在今年的笔会上还能再见面，到时候一定多说几句话。

祝你好运。

小丁

2007.5.28

十二

丁先生：

　　您好！这是我写给您的第七封信，或许也是最后一封。

　　不，我还是不能亲口说出这个结局，即使没有管理员的监察，没有系统过滤和屏蔽掉关键字段，我脆弱的心脏也无法承受说出那些话时的沉重。

　　我想现在您的病情大概已十分严重了，也许连看到这封信的机会也很渺茫。有什么关系呢？眼下我只想继续写，把想说却一直没有机会说的一切都写下来。至少现在，我还有时间。

　　人是多么容易忘记过去呀。

　　在那件事，那件令所有人震惊和心痛的事发生之后不久，我曾做过一个梦。我梦见自己穿越时空回到过去，想要在那个至关重要的时间点之前救回你的生命，突然间发现这一切都是某个邪恶组织的阴谋，我在梦中跟他们搏斗，从几千米的高空跳进水里，周围的一切都在旋转。当我从手术室被推出来的时候，看见你就躺在我旁边不远处的另一张病床上，脸上蒙着纱布，沉默苍白，却依然活着，从昏迷中醒来，活着。于是我决定留在那个时空，留在那里照顾你。坐在充满阳光的洁白病房里，我静静地读一本书给你听。

　　梦醒后，心情久久不能平静，我宁愿梦中的世界才是真实的。很长一段时间里，我甚至没有办法亲口向第二个人讲述我的梦境，只要一开口，泪水就会掉下来。

　　某个阳光很好的上午，我整理年少时留下的日记，居然重新看到那个梦的记录，那个在我心中深深埋藏近乎一生的梦。于是就在那一瞬间，我看到了半个多世纪前的自己，那个单纯善良的女孩子坐在我面前，二十岁刚出头，眉间有一缕无法洞穿时间的忧郁。我上前，用颤抖的声音向她发誓，在我剩下的斑驳岁月里，会尝试完成她当年的愿望。

在这个时代，时空旅行技术尚未出现，但是有一样东西您或许猜到了。是的，T-mail，可以向不同时间点上发送邮件的系统，这中间的原理与操作规则十分复杂。关于"外祖父悖论"，关于过去、现在和未来的确定性，直到现在仍在束缚着我们的言行，我并不奢望我的信可以改变那早已发生的结局，但又不能不奢望。

此刻，您看到的这封信来自2077年，一个九旬老人枯槁嶙峋的双手。从去年的八月至今，将近一年的时间里，我就是用这样的方式和您保持联络。六封邮件，一个拙劣的科幻故事，像是一线细而韧的蛛丝，将时空的两端黏合在一起。

其实，第一封信的开头是我在2006年的夏天写的，而小说的开头则要更早些，一堆属于遥远过去的、未完成的文字，和当年的日记一起存放在陈旧的硬盘里。我曾以为自己的懒惰懈怠将令它们永远沉寂下去，慢慢腐烂，慢慢被遗忘。而现在，许多年之后的现在，我这个垂暮之人，却重新拾起那些碎片，一丝一缕编织起来，用尽最后一点心血。

或许，这就是造化。

和您通信是一段愉快的经历，我仿佛重新回到二十多岁的青涩岁月里。那时候，未来还很漫长，一切都在未知中显出迷人的轮廓，如同永恒的夏夜，连死亡也不过是夜空里偶尔划过天际的一颗流星，那么遥远，遥远而又凄美。

第一次收到您的信时，我激动得彻夜未眠。时间，你的未来我的过去，像一道江水的两岸，隔着浓重的晨雾遥遥相望。我努力写信，一封又一封，有时满心欢悦，有时沉郁迷茫，有时突如其来地泪流满面。

然而这一切对你、对我而言，究竟又有何意义呢？已经发生的能否被改变？我没有答案。在流淌的时光面前，我们每个人都如同那涉江的人，一次又一次踏入冰冷的波涛中，面对的却不再是同一道江水。

如此一来，还剩下什么呢？

大概只为了越过无尽波涛，远远瞥一眼岸上那个人的身影。

此时心中千言万语，无法再一一付诸笔端。

记忆总是带领我回到2006年的那个夏天，热闹的笔会上，你在我旁边坐下，谦逊地点头微笑。

短暂的，却是永恒的微笑。

多年之后，我在生命的最后岁月里能和您重逢，共同分享那一点点微不足道的时光，深感荣幸。

若是您能看到这封信，请记得千万保重身体，未来的世界还有很多精彩的事，比科幻更科幻，比我们所能想到的更美妙。

期待您的回信。

非常、非常期待。

x 敬上

2077.6.4

我用颤抖的手发出这封信，然后开始漫长的等待。

等待。

夏夜是如此漫长。

十三

整个六月都在等待中度过，我始终没有等到回信。

或许因为违反某些时空信息条例而被管理员拦截了，或许在蛛网般复杂的系统传递中遭到损坏，又或许跟太多邮件一起堆积在 2007 年的某个邮箱中，还没有等到拆封的那一天。

雨整整下了半个多月，七月里的某一天，天气终于放晴，窗外的石榴树间又响起了蝉鸣，一簇簇艳红的花朵争相盛开。我就着窗口明媚的天光，开始翻检七十年前的新闻资料。

这并不容易，网络资源经过那么多年更新换代，被破坏，资料遗失，病毒侵蚀，碎片整合然后重建，所剩下的陈年资料已经寥寥无几。漫长的搜索之后，我竟然找不到任何资料来证明历史是否曾经被改变过。

也许这是好事，我默默幻想着。在我的观察下，世界已经一分为二，我的这个世界里，那个曾经圆脸微胖的中年男人已经跳过了 2007 年 7 月那个生死攸关的时刻，继续过着幸福的日子，工作，赚钱，写作，偶尔留下几篇脍炙人口的小文章，直到他生命的终点。

又或者他变成了薛定谔的猫，在两种截然相反的状态中摇摆不定，等着更强的观察者出现。

不，那些只是科幻罢了，我自嘲地笑了一下。时间是个谜题，你用一辈子也无法解开它。

死亡也一样。

我重新坐回电脑前，打开 T-mail 邮箱，收信人一栏里填上：

Xiaoding2006@Tmail.com。

　　汨罗江的江水在我周围流淌，携卷着一切回忆涌向遥远的过去，我像一块孤零零的礁石伫立在江心，周围是浓得化不开的雾。

敬爱的小丁先生：

　　您好！
　　我用颤抖的手指敲下这几个字。

　　霍斯曼的诗在耳边响起。

　　来自远方，
　　来自黄昏和清晨，
　　来自十二重高天的好风轻扬，
　　飘来生命气息的吹拂：
　　吹在我身上。

　　快，
　　趁生命气息逗留，
　　盘桓未去，
　　拉住我的手，
　　快告诉我你的心声。

　　"时间。"望着窗外在阳光中摇曳的石榴树影，我喃喃自语道，"还剩下这么多时间。"
　　"这就够了。"他在遥远的地方微笑着回答。

人类的遗产

迟卉

一、拉比利亚

这是"卡利姆多"号科学考察船进入大西洋的第十二天。

几天来，白澜吃尽了晕船的苦头，所幸今天早上还算风平浪静。今天是个好天气，天空万里无云。她靠在船头的栏杆上眺望大海，突然注意到海天相接的地方有一道纤细的白线，笔直如刀，切开上下对映的波涛和苍穹。

"啊哈，我们就快到了。"华裔美籍海洋科学家瑞文·李走到白澜的身边，放下手中的望远镜，朝着天边那条白线做了一个夸张得近乎滑稽的"请看"手势，"女士，欢迎来到我们此行的目的地。世界上有七大洲：南、北亚美利加，亚细亚，欧罗巴，大洋洲，阿非利加，南极洲。而您眼前的就是世界上第八大洲：拉比利亚①！"

白澜被他逗得笑了起来："第八大洲？我们要研究的这个垃圾旋涡真的有那么大吗？"她问，"我是说，像非洲大陆一样大？"

李耸了耸肩："您不常研究巨大的东西，是吧？"

"我的专长是研究啮齿类动物，到现在为止我的研究对象都不会超过

---

① 作者注："拉比利亚"是一个生造词，是仿照"澳大利亚"的英文 Australia 生造出来的"Rubbilia"。词根为"rubbish"，意为垃圾。而这个词意思是"垃圾大陆"，是瑞文·李对这片垃圾的讽刺命名。

一米长，虽然浦森的地铁里偶尔可以看到一人高的老鼠，穿西装打领带还夹着公文包。"

李大笑起来："好吧，白澜女士，您现在面对的是一块大约相当于四分之三美国领土大小的海域，在这块海域上漂浮着的就是我的研究对象。世界上二十分之一的垃圾汇集于此，西装、领带……这里应有尽有，甚至也有公文包和老鼠。"

白澜扬起眉毛，四分之三美国领土大小——并没有她想象的那么大，然而也相当可观。她低头望着海面，一些垃圾正顺着海流汇入那片海域，一只白色塑料碗在浪尖起伏，仿佛一只没有瞳仁的眼睛。

下午三点，"卡利姆多"号进入了垃圾漂浮相对集中的海域。数不清的垃圾从船边漂过。皮鞋、塑料袋、一次性餐具、看不出颜色的塑料布、塑料杯、渔网和塑料荧光诱饵、纸箱、船壳上剥落的塑料装饰品、芭比娃娃、塑料鸭子和小狗……垃圾在海面上仿佛无穷无尽地铺开去，科考船的船首从它们中间驶过，在垃圾中间留下一道裂痕。瑞文·李让他的研究生把测深器放下去，从不同的深度取出水样。

"水面上覆盖着大约一米厚的垃圾。"他说。

白澜扬起了眉毛。想象一下吧，在四分之三的美国领土上覆盖一米厚的塑料垃圾[①]……她打了个哆嗦，从那位年轻人手里接过水样。放眼望去，没有尽头的垃圾纠结成一片灰白斑驳的"地面"，随着它们下面的波涛缓缓起伏。

突然间，一只老鼠进入了她的视野。那只灰色的小东西跳到一块比较大的泡沫塑料包装板上，惊恐地回头看了一眼科考船，又飞快地跳到另一

[①] 作者注：到此为止的叙述中并无任何幻想成分，就在您阅读这行字的时候，那个四分之三美国领土大小的垃圾旋涡的的确确毫无疑问地就漂浮在北大西洋里。如果您清楚北大西洋无风带的位置，您甚至可以利用 Google Earth（谷歌地球）看到它。

块塑料板上，不料那是一个"陷阱"，它一下子踩空，扎到了水里。

"哎呀！"白澜脱口而出。

然而几秒钟后，老鼠又在不远处的另一块塑料板上现身了，只见它用力抖掉身上的水珠，然后满不在乎地跑开了。

"好吧……"盯着那只老鼠远去的方向，至少她现在确信：自己作为一名啮齿类动物行为学教授，在这里肯定有事可做。

"您在看什么？"一个年轻研究生好奇地探过头来。

"老鼠。"

"老鼠？真的？老鼠会游泳？"

"嗯。"

"可是这种地方，它们吃什么？"

白澜扬起了眉毛，望着那些漂浮在海面上的一次性餐具和翻白的死鱼，她确信自己还看到了半块被水泡得黏糊糊的面包。

"我不知道……也许它们吃我们扔下的垃圾，也许吃鱼，也许……吃塑料。"

"噢。"年轻人露出牙齿，"真酷。"

科考船行进的速度越来越慢，大块的垃圾纠结在一起，船员们不得不用长竿将它们从舵或者船边推开。到第二天早上，放下去的取样器已经无法接触到水面，而垃圾也变得越来越坚实。

"我甚至可以在这些该死的垃圾上下锚！"船长抱怨着摊开手，向科学家们示意：这艘船无法继续前进了。

由瑞文·李带头，大家放下一只小救生艇想继续探路，谁知这艘救生艇落在垃圾上的时候，居然发出砰的一声巨响，垃圾板结成的庞大固体块浮沉了两下，却并没有裂开。

"噢……"船长咬牙切齿地看着小艇开裂的船底，指着一名船员，"大卫，你，下去看一下！"

那名年轻船员穿好救生衣，攀着绳梯滑下船舷，他落在坚实的地面上，小心地松开手里的绳子……

他用力踩了一下。

他又跳了两跳。

"船长！"他抬起头来把手拢成喇叭状，"这些见鬼的垃圾上面完全可以走人了，就跟北冰洋浮冰一样！"

白澜看着眼前这一幕，情不自禁地笑了起来。"真有趣。"她对瑞文·李说，"你怎么不先告诉我一下？"

瑞文·李耸了耸肩："只有亲眼见到才能感受。当我向人们提起北大西洋垃圾旋涡的时候，他们都以为只不过是一些垃圾碎块，像泡沫一样漂浮在海面上。以前——大约二十年前的确是这样。然而可降解塑料出现之后，每年有几十万吨可降解塑料垃圾和其他垃圾一起，顺着海流从陆地来到这里，它们分解成具有黏着性的物质，并和那些无法分解的塑料彼此黏附在一起，形成这种巨大的垃圾板块。现在，整个垃圾旋涡已经形成了几百个这样的板块，它们彼此碰撞或者黏着，就像一个个漂浮在海面上的浮岛；而且由于北大西洋无风带的环流效应，它们在这片海域只进不出，结果就越来越多。"

科学家们开了个短会，自动分成三个小队，一个小队留守"卡利姆多"号，监测天气并和其他小队保持联系；另外两个小队穿上救生衣，分头步行深入这片巨大的海上垃圾场。

"把你的手杖横着拿。"白澜对身边一名女研究生说，"在这里的行动一定要小心，你脚下的垃圾可能和浮冰一样脆弱。如果你掉进洞里被海流卷走的话，是没有机会浮到垃圾板块上面透气的。"

"那我就当它们是浮冰好了。"女研究生皱起了鼻子，"不过浮冰可不会这么臭。"

"臭是正常的。"白澜笑了笑，走在队伍中间。海风带来垃圾的恶臭气味，这是腐烂的鱼、被抛弃在海上的食物和废弃物的气味。如果把整个人类文明看作一只巨大的动物，那么这片海域就是它十年排泄物的集合。

我们吃掉树林、山峰、煤炭、石油，然后排泄出我们脚下的这些垃圾，就好像古老传说里那条巨大的恶魔鲸鱼，吞下一座丰饶的小岛，然后排泄出一片不毛之地。

李带着这支小队朝东北方绕了一个大圈。当他们回到船上的时候，他们发现第二小队的队员正在激烈地争吵：

"我早就说应该带上一条橡皮艇！我们错过了它，也许明天这个板块就飘走了！"

"从我个人的角度，我一点都不介意你游过去淹死在垃圾里，但是，我是队长，保证你们的安全是我的职责！明天你尽可以带上你的橡皮艇去找你的香格里拉，但是今天我命令你休息！"

"请问，发生了什么事？"瑞文·李彬彬有礼地问。

第二小队的队长、海洋环境学家拉比洛夫斯基转过头来，脱发的头顶又红又亮。"这个家伙！"他的手指像步枪一样指着同他争吵的瘦高个意大利人，"这个家伙拒绝返回营地，我们几乎是把他拖回来的！"

"你没有说到重点！"意大利人、海洋植物学家西卡咆哮起来，"我们发现了很重要的东西，就在和我们相隔二十米海水的另一个板块上。我对着上帝的胡子发誓，那儿有一大片陆生植物！"

当天晚上，他们开了一个长达三个小时、不断争吵的会，然而大家最后终于达成一致：带上两只橡皮艇和一个星期的补给，前往那个有植物生长的垃圾板块开展研究。毕竟这是一个全新的、建立在人类抛弃的垃圾基础上的小型生物圈，没有人愿意放弃研究它的机会。

事实上，考察队只用一天时间就找到了那个板块，它并没有飘出很远。李在笔记本上添了一笔：板块之间的相对移动速度较慢。

葱茏的绿意令白澜吃了一惊。她注意到脚下踏着的垃圾已经让人无法分辨其模样，它们中有一部分已经降解，无疑也为这些植物提供了充足的养料。她试图从脑海中翻出许久以前储存的植物学知识，但是，脚旁这些杂草似乎都不在她的记忆里。西卡倒是兴奋得要命，不停嘀嘀咕咕地给这些植物进行着分类。

"这里简直就是一块自然保护区！"西卡说着，"但是太奇妙了，你能想象一种大洋洲的单子叶植物和一种俄罗斯苔原灌木共同长在一个油漆桶里吗？这些种子经由世界各个地方的河流或航船在这里落了户，然后——在一片垃圾上形成了全新的共生体系！"

大家都很兴奋，纷纷开始了手头的工作。白澜在附近转了一圈，没有找到老鼠或其他小型啮齿类动物活动的迹象，感到有点失望。

"喵——"一声尖锐的猫叫吓了她一跳，一只杂色花斑的猫蹿进了垃圾深处。这让她结结实实吃了一惊。看来除了老鼠以外，这庞大的垃圾岛屿上还有其他哺乳动物存在。她好奇地循着猫消失的方向找过去，却一无所获。

天色渐渐暗下来，考察队搭起帐篷，小心地点起煤油炉。他们身处的"大地"是数不清的塑料垃圾，每一块都是易燃物品。白澜就着煤油炉打开一罐午餐肉，眼角却突然扫到了一簇隐隐的火光。

她猛地抬起头来。

"怎么了？"李好奇地问。

"火光。"她哑声说，"我看到了火光！"

"不是镜子反射吧？"

"不，绝对不是！"她斩钉截铁地说，指向火光闪烁的方向。考察队里其他的人也朝着那个方向看过去。

"的确是火光，很微弱……"俄罗斯人举起了望远镜，"它和我们的煤油炉差不多，不像是野火，更像是篝火。看不清楚边上有没有人。"

"有火就可能有人。"李皱起眉头，"今天太晚了，明天，明天我们朝那个方向前进。"

第二天，科考队员们分成两个小队朝着昨晚看到火光的地方包抄过去，他们发现了一片似乎有人耕种过的玉米，稀稀落落地生长在垃圾中间。在这片垃圾和玉米附近有一艘船的残骸，船头朝天，从堆积如山的塑料袋中戳出来。一条明显是人踩出来的小路，从船舷边延伸到玉米"地"里。他们逆着小路摸进船舱，看到一具已经死去多时的人类尸骨。

"骨骼发黑。"李嘟囔了一句，"重金属中毒。"

白澜叹了口气，她几乎可以想象这个人是怎么死的：他遭遇了一次船只失事，漂浮到这个岛上，他有玉米种子，他播种，他收获；他觉得自己可以像鲁宾孙一样活下去，然而垃圾中沉积的重金属——铅、汞、镉……在种下去的玉米中富集起来，被这个可怜的人吃了下去……

这个人无疑已经死了很久，那么，昨晚是谁点起了篝火？白澜抬头望着李，他的脸上也同样露出疑惑的神色。

突然，外面传来了一片叫喊声，其中还夹杂着惊恐的哭声。白澜连忙跟着李跑出去，发现所有人都表现得异常惊恐。

"发生什么事了？"李问。

"这是'北冰洋'号！李，'北冰洋'号！"俄罗斯人声嘶力竭地喊着，脸上的肌肉颤抖着，就像要掉下来一样。

白澜耳朵里轰的一声，仿佛连声音都不是自己的了："你说的是那艘——世界上第一艘——核动力客轮？三年前失踪的那艘船？"

"没错！"俄罗斯人指着船上的铭牌，"看看这儿！这么大的字！我们快点离开，如果反应堆已经泄漏的话，鬼才知道我们吃了多少拉德①的辐射量！"

考察队员们匆匆忙忙地开始收拾东西。白澜提着自己的装备，走进玉米地打算再搜集一些标本，突然，她停下了脚步。

在前方那片垃圾的阴影里，有一团静悄悄燃烧的火焰。她看到一只老鼠用前爪抓起塑料放在火堆里，为火焰提供燃料；另一只老鼠用尾巴卷着木枝伸进火里，当木枝开始燃烧，它小心翼翼地举起这一簇细小的火，朝着远处的洞口跑去。

白澜屏住了呼吸，她研究了一辈子的老鼠，却从未见过它们表现出这样的智慧。她意识到，那就是她昨天夜里看到的篝火，它并非出自人类之手。

她咬住嘴唇，放轻脚步，一点一点向后退着离开了这里，没有惊动任何一只老鼠。

船启航了，白澜回望着这片北大西洋最大的垃圾地狱、人类百分之三十塑料制品的最终归宿。或许，对于那些生活在上面的住民而言，它确实堪称这个世界的第八大洲：拉比利亚。

"怎么了？在想什么？"李走过来，把手搭在她的手上。

"李，"她突然说，"你小的时候在哪里生活？"

"旧金山的唐人街，怎么了？"

"我在浦森东港附近长大，那里离亚洲第一大都市浦森只有两个小时的车程。但是我们那里没有旅游项目，也没有工厂，只有六个非常非常大

---

① 作者注：拉德即 rad，辐射吸收剂量单位。

的垃圾填埋场，每天卡车排着长龙把垃圾倒在那些地方，而我和我的妹妹从小就生长在那里，我们在垃圾场拣废品去卖。他们什么都扔，报纸、衣服、剩饭菜、塑料袋……每到刮风的时候，满天都是塑料袋，就好像下大雪一样。有两条小河流过垃圾场旁边，一条臭得可以熏死人，另一条的水里常年泛着黑色。我们那里的人都很容易生病，而我直到十四岁去浦森市区，才第一次知道原来还有街道是没有任何垃圾的。"

"哦，上天哪，听起来真糟糕。不过，你为什么要说这些？"李迷惑地问。

白澜苦涩地一笑："我只是想说服我自己：我做出了一个正确的选择。"

在白澜的余生中，她再也没有回到这里。考察队的报告曾一度被递交上去，但是最终因为清除这些垃圾不仅耗时耗力，而且毫无利润可言，那份报告被束之高阁。

无论是在报告中还是在其他任何时候，白澜都不曾提起那些会使用火的老鼠。她把这个秘密一直带进了坟墓。就像她期望的那样，那簇微弱的火苗自始至终都静静地、温暖地在无数垃圾中间跳动。

它在人类抵达拉比利亚之前就已经开始燃烧，而在整个人类文明彻底抛弃地球之后，依旧不曾熄灭。

二、火

阿铁小心地用前爪捧起一团轻土[1]添进火里，火焰立刻吞掉那块轻

---

[1] 作者注：拉比利亚大陆上的拉比特人（rubbiter）把塑料称为轻土，因为他们就生活在这块由塑料垃圾构成的大地上。

土，毕毕剥剥地燃烧得更旺了。阿铁恭恭敬敬地拜了两拜，祈祷火神保佑他在这个季度找到的妻子①生下的健康孩子多过畸形儿。一个妻子每次可以生六个孩子，如果能有四个正常的，他就心满意足了。

他小心翼翼地用尾巴卷起一根木枝。木头是神圣的，不仅因为它非常稀少，还因为即使是火神，也只能从一头慢慢吃掉木头，而无法像吃掉轻土那样一口吞食。他把木枝凑在火上点燃了，然后慢慢走回自己的洞穴，举起尾巴，点燃通风口下方的一团轻土。

白尾，他的妻子正卧在一团蓬松柔软的纤维上，膨大的腹部非常美丽。她的身体散发出孕妇独有的美妙气味，令阿铁心醉神迷。他舔了舔她的胡须，而她回报以迷人的低语："今天晚上有一个火神祭会，你会去为我们的孩子祈福吗？"

"会的。"阿铁坚定地回答。

太阳落下，圆月升起。大地开始在潮水的轰鸣声中摇荡。高高堆起的轻土顶端，篝火在熊熊燃烧。阿铁和部落里的其他人一起走出洞穴，在篝火旁起舞歌唱。

火是神圣的，火赐予我们温暖，火赐予我们熟食，火为我们驱赶可怕的"喵呜"，火是神灵。火是神圣的。

就在祭司开始唱歌的那一刻，天空中忽然传来震耳欲聋的轰鸣声。

阿铁尖叫着趴在地上，四肢着地，惊恐不已。当他鼓起勇气抬头望天时，他看到了流星。

那不是平日里从天穹上落下来的流星，而是逆冲上天的流星，无数道浅蓝色的光从天海相接之处射出来，冲向天穹的尽头。一道接着一道，那些光芒编织成一道光幕，一条光的河流，仿佛无穷无尽，永无止息。在这

---

① 作者注：在阿铁那个年代，拉比特人每一个季度会重组一次家庭，而在冬季则组成更大的聚落。

些光芒的前面是无数颗闪亮的星星，它们异常炫目，仿佛凝固的火。

这样的奇景不知道持续了多久。随着那些星星渐渐黯淡，天穹上只留下一个闪亮的方阵，越来越小，越来越小。

祭司终于回过神来，他宣布这是火神显灵。阿铁震惊不已地完成了仪式，回到洞里发现白尾已经生下了他的孩子。

六个，全都是畸形。

阿铁悲伤地看着这些孩子短小的前爪和分成三叉的尾巴，他很想按照惯例咬死这些畸形的孩子，但是这一次他不可以。

"这些孩子是在火神的荣光下出生的。"他温柔地挨个舔着孩子们的额头，"我将养育他们，每一个都要活下去。"

人类银河系纪年元年，阿铁的孩子们出生了。他的部落此时尚没有纪年，阿铁也不可能知道，他所见证的流星是最后一批人类离开地球时乘坐飞船的尾焰。他更不可能知道，他那些出生在"北冰洋"号泄漏的核反应堆上的畸形孩子，为他繁衍了近百亿的子孙后代。

他们称自己为拉比特人。

三、大地

短爪白木把尾巴浸到海水里，感觉告诉他：温度仍旧在上升。

这不是一个好兆头。他暗自想着，一瘸一拐地朝着王宫走去。

长尾家族的王宫由几万根来自拉比利亚大陆各地的木枝搭建而成，高贵而又富丽堂皇，和短爪家族那用泥土堆起来的洞穴简直有天壤之别。但是，短爪白木走进王宫的时候，心里没有半点恐惧或自卑之感，反而有几分扬扬自得。

"我知道国王也不知道的事情。"他对自己说。

长尾家族的现任国王长尾巨树接见了他，双方都很客气，然而短爪白木完全可以读得出国王的轻蔑。短爪家族的血统不纯正是尽人皆知的，他们是火神诅咒之下的畸形儿的后代，他们的前爪短小无力，他们的尾巴分叉有如蛇的舌头。而长尾家族乃是血统最纯正的一族。

"陛下，我必须向您报告：海水的温度在持续上升。"

"这有什么关系吗？"长尾巨树冷淡地说，"气候在变好，收成在增加，我很乐意温度再升高一点，这样我们就可以在冬天播种和收割粮食了。"

"不，陛下，这并不是一件好事。"短爪白木尽量毕恭毕敬地回答，"如果您恩准，我可以为您演示一下。"

"你又想要什么把戏？"国王的身体散发出威胁的气味，尾巴竖得笔直。

"只是一个小试验，陛下。"

"好吧。"

在短爪白木的指示下，两名仆人准备了一口由重土①制成的大锅，锅下烧起火来，他们将水倒进锅里，短爪白木掏出几块轻土放在水里，它们立刻浮在了水面上。

"你到底要我看什么？"国王问。

"请稍等，陛下。"

很快，锅里的水沸腾起来，而轻土开始软化，变成一摊柔软的半流体状物质，随着沸腾的水上下翻滚。

---

① 作者注："重土"是指拉比特人从垃圾、船壳中挖出的金属片，相当稀少。

"陛下，您看，如果海水温度继续上升的话，很快，所有的轻土都会被熔化掉的。我们的土地里，有八分之五是轻土，我们脚下的大地很快会熔化，而我们会掉进海里。"

"大地会熔化？"国王抱着肚子狂笑起来，"哈哈哈，这是我听过的最好笑的笑话！对了，'八分之五'是什么意思？"

"八分之五，陛下，就是假设将这片大陆分成八等份，那么其中的五份……"短爪白木突然停住了话头，因为国王身上散发出的暴怒气味即使在三尺之外也可以闻得一清二楚。

"什么？你是说你想把我的国家分裂成八份吗，短爪？"国王冷森森地问。

"陛下……"短爪的话被国王挥动尾巴的冷酷动作打断了。

"你，和你的全家，整个家族，统统放逐！"

在拉比特人的词典里，"放逐"的含义就是给你一艘用轻土制成的船，随波漂流。绝大多数短爪家族的成员都死于漂流途中。

"我们完了。"白木的儿子发出哀鸣，"我们能去哪儿？"

短爪白木没有说话，但是他身上散发出坚定的气味，让所有心存动摇的人都不敢对他有半点质疑。

已经记不得过去了多少个白天和夜晚，远远地，他们前方出现了一片陆地的影子。

"哦，不，我们又漂流回来了。"一个女人哭了起来，"如果长尾王知道我们违反放逐令又跑回来了，他会立刻杀死我们的！"

船上的短爪族人陷入了一片恐慌和绝望之中，然而这恐慌远远没有之后的恐惧来得巨大。

他们意识到这是一块新的土地。

"它是死的！"短爪白木惊恐地感受着脚下的地面，发现尽管波浪和潮汐起伏，这片大地竟然丝毫没有摇动，这是死气沉沉、了无生气的地面……他掬起一把沙子放在火上，谁知火不仅没有像吞噬轻土一样燃烧起来，反而立刻熄灭了。

"这是死亡之地，是传说中死者才会到的地方！我们死了吗？"白木的妻子号啕着，她散发出强烈的恐惧和绝望气味，笼罩了这艘船和其上的所有旅客，"快回去！还来得及，快离开这里！"

"不。"短爪白木毫不犹豫地回答，"我闻到了淡水和草的气息，我们要前进，不能后退。"

于是，这支小小的、散发着疲惫和恐惧气息的队伍继续向前，他们走过沙滩，走过河口，爬上河岸……

在拉比特人的历史中，他们第一次见到了北美洲海岸的莽莽森林。

"诸神哪……"短爪白木喃喃地自言自语。他小心地伸出前爪碰触眼前的树木，这是木头，他立刻做出判断。

然而这是怎样的木头哇！它超越了他所见过的最高的灌木和玉米，超越了他所能想象的巨大，这样一株树木可以搭建八个长尾国王的宫殿。放眼所及，这片土地上有四八、六八……不……比八个八[①]还要多的树木。它们可以燃起轻土永远无法燃起的熊熊火焰，而树木下面的灌木里，美味的果子正散发出甜甜的馨香。

他高举前爪，竖直尾巴："我的族人们哪！这乃是诸神赐予我们的大地！"

---

① 作者注：拉比特人的双手都只有四个手指，故为八进制计数。

四、凛冬

这是一场海底火山爆发——在地球的历史上曾经发生过无数次，未来还将发生无数次。只不过这一次，它发生在拉比利亚大陆，或者说，北大西洋无风带垃圾旋涡的正下方。

随着岩浆喷薄而出，海水被加热到沸腾。它们猛烈地从海底喷射出来，将由垃圾构成的板块击成碎片。海水灌入有岩浆流出的断层空洞，被加热后的空洞体积骤然膨胀数千倍，引发了一场惊天动地的大爆炸。

海面上所有的一切，数万年来一直堆积在此的塑料袋、易拉罐、油漆桶、皮鞋、文件夹、一次性餐具、渔网和塑料荧光诱饵、纸箱、猫粮罐头……以及原本修筑在它们之上的拉比特人长尾家族的王宫，一起统统被扯碎、点燃、熔化。熊熊大火在这片"大陆"上燃烧起来。滚滚浓烟和火山灰一起直冲天空。

这场大火燃烧了整整三个月，整个大西洋垃圾旋涡被付之一炬。其上的拉比特人绝大多数都已经死去，只有很少的一部分逃出来，登上短爪家族的领地，并将这个可怕的故事一代代流传下去。

五个月后，火山爆发终于告一段落。

这场大火摧毁了人类在这个星球上最后的痕迹。在陆地上，自然早已进化出了分解塑料的细菌，人类的城市只剩下丛林深处一点钢筋水泥的废墟；而在海洋中，由于海水的保护作用而一直安然无恙的拉比利亚垃圾旋涡，如今只剩下半个芭比娃娃的头颅，和一只中国塑料鸭一起并排埋在厚厚的灰烬深处。

这就是盘古的子孙和耶和华的子民在这个星球上留下的最后一点东西。

凛冬漫漫，不见尽头。

短爪家族并不知道这漫漫寒冬和他们的故园有何关系。浓云遮蔽了天空，灌木枯萎，荒草萋萋，原本早该到来的春季却迟迟不肯露面。于是，短爪白木决定带着族人迁徙。

他们艰难地走在霜冻的大地上，天空中不停地落下塑料垃圾燃烧后的尘埃，它们带着大量的重金属物质，在地面上薄薄地覆盖了一层，最终被植物和动物吸收到身体里。

短爪白木对此一无所知，生长在拉比利亚大陆上的他们，对重金属早已经进化出了强大的抵抗能力。然而这一次，他们呼吸的尘埃中不仅有重金属，还有大量的来自"北冰洋"号残骸的辐射尘。

在对抗严冬的过程中，短爪族人找回了他们祖先的本能，他们开始在地下挖掘洞穴，筑巢繁衍，培植蘑菇，甚至养殖蚯蚓和蝼蛄。他们学会了在地面上或者地面下生火，学会了使用对他们而言几乎是无穷无尽的木材。

他们的洞穴越挖越多，越挖越长，如果神灵有一双眼睛从天上注视大地，他将看到无数星星点点的火光燃烧在美洲、欧洲、亚洲……每一点火光旁都有一个洞穴，每一个洞穴里都有无数闪光的眼睛。他们沐浴在辐射尘里，飞快地成长、变异、进化。

五、传说

这是一片葱郁的森林，阳光从树叶间透下来，在地上映出点点光斑。纤细笔直的陆地走道和飞行导引索表明，地下有一个庞大的城市，然而地面上却一片宁静。

两个时高时低的声音由远而近：

"别傻了，伊丹，拉比利亚大陆只是一个传说！"一个男声说。

"传说总归是有事实基础的！"那个纤细的女声坚持着自己的意见。

"有一些有，有一些没有！把你那本书给我，它到处都是漏洞！"

一阵纸页摩擦的细碎声音后，那个得意的男声高了起来："你看，它说拉比利亚大陆的天空中，'星星的方位在不停地变化'，怎么可能有这种事情嘛！又不是打转的船！还有这句：'它是神赐予的大陆，你掬起一捧土，便可点燃一簇火。'你见过拿泥巴点火的事儿吗？伊丹，这些东西都是在胡说八道！"

沉默。

森林里弥漫着愤怒的气味。

"你是个白痴，列特。"女声低沉冰冷，"你就是那种'闭上眼睛，就当石头不存在'的白痴。我和你没什么好说的了。"

一阵稀里哗啦的声响之后，一位年轻的女学生高高翘着尾巴，怒气冲冲地跑过一条走道，跳进一扇地板门。

列特是个白痴！

伊丹气呼呼地想着，飞快地跑向自己的洞窟。

是呀，没人见过拉比利亚大陆。卫星早就证实地球上只有六块大陆，而且地质学家也证明在相应记载的年代，没有板块的剧烈运动……

但是，她真的相信拉比利亚大陆是存在的。

她跑回家，一头扎在床上，哭了好一会儿才平静下来。随后，她用尾巴卷起那本被她翻得毛了边的《拉比利亚大陆传说》，翻开书页，低声朗读起来：

拉比利亚大陆[1]乃是神赐予的土地，你掬起一捧土，便可点燃一簇

---

[1] 作者注：事实上，"拉比特人"和"拉比利亚大陆"是人类的说法，而非"鼠人"的发音，为了便于叙述而沿用下来。

火。它是动荡之地、生息之地，这世间所有的男男女女都来自这块大陆。它的天空中群星不停旋转，日新月异。在它之下是海神的居所。

…………

然而那一日，海神与火神大怒了。他们手拉着手，将火焰和巨浪降临在拉比利亚大陆之上，于是，火焰从大地深处喷射出来，天空被火焰点亮，大地被烈火熔化……

…………

吾等生息繁衍之地被神灵的愤怒撕扯成八块碎片，一块变成烟尘升上天空，一块化作污水融入海洋，五块化作尘埃落向大地，只有最后一块沉没在海神的居所之外，重重的波涛深处，和吾等先祖的骸骨一起，从那一日起长眠到永远……

后 记

写完这个文之后给朋友看，朋友看完之后冒出一句话：我怀疑亚特兰蒂斯大陆的传说就是这么来的。

天地良心……我绝对只是写了一块垃圾大陆而已……

拉比利亚大陆在上，请证明我的清白吧……

古曼人棉城遗址调查手记

迟卉

前言　我的家乡白林

二十年前，当我还是个孩子的时候，白林是一个不错的小镇。它有三万左右的人口和一座大型生化厂，由久负盛名的北方地区地表资源管理局的一个下属单位管理。很多年轻人——那个时候的年轻人——以在白林生活为荣，并且在二十岁左右的年纪就考虑结婚生孩子，抚养下一代。

这个小镇的绝大多数居民都在生化厂和食品工业厂工作，少部分居民经营地表种植业。生化厂提供了丰厚的收入和大量的就业岗位，那些富裕的镇民也得以付给地表农民更多的钱来购买更好的奢侈品。这是一个富裕、安定、令人羡慕的小镇，仿佛世外桃源。

看上去，这里的一切都很好，很富足，人们对自己的生活非常满意。在坑道和厅堂里，充满了欢声笑语，一片繁荣景象，每一家的窑洞都以拥有整洁的门道和美丽的壁画为荣。在小镇上方的地表，林木葱郁，群山环绕，生化厂披着绿衣安静地卧在山谷里，像一只走倦了的大型动物。

很不错的地方，不是吗？

当然，如果你现在造访白林，大约会感到非常失望。周围山上的林木被砍伐殆尽，很多山已经变成了秃头光尾的模样，小镇里人口稀少，而且多半是妇女或者老年人，很少有年轻人在这里生活，学校也从以前的四所缩减到了一所。地表的环境遭到了破坏，因为人们变得贫穷，他们放弃使用电热，转而砍伐灌木作为培育热藻的基质；大型林木也被砍伐出售，因为地表资源管理局必须先喂饱这里的居民，然后才能考虑山地的水土流失问题。生化厂还在运转，但是已经奄奄一息，每一旬只运转三天，其余时间停工。

我的家乡已经渐渐衰朽了，它正在死去，你只需要看一眼就可以感觉到那绝望的气息，但是，究竟出了什么问题？

答案是：没有任何问题，至少没有任何大到值得一提的问题。

在过去的二十年里，我的家乡发生的变化之大让人难以置信，然而外面世界的变化更加惊人。过去我们在地下穿行于坑道之间，如今我们来到了地表，甚至飞翔在天空中；运输网络的发展是有目共睹的，如今我们可以在世界上的任何一个地方吃到斯凯提斯的栗子，又或者北拉布拉的番薯。

大型的地下城市被建立起来，它们有更广阔的面积和更惊人的深度。我所工作的卡兰多城，占地体积足有三万立方公里，坑道纵横盘绕，交错复杂，拥有许多巨型穹顶和深向坑道——像这样的大型城市不断出现，容纳了更多的工业、信息业和更多的居民。仰赖于全球通信网络，你可以在这些地方的任何一间屋子里用你的尾巴尖点开信息终端，获取过去四拍内发生的所有事情的信息。

为什么我要浪费口舌来讲述我那个平凡的故乡和所有这些众所周知的事情？因为这些变化使我们的文明比历史上的任何一个时期都先进，同时也使我们比以前的任何一个时刻都更加接近那些古曼人……

是的，我说的是古曼人，那些已经灭绝了一亿两千万年的智慧生物。

第一章　为什么是棉城？

事实上，随着望沙、浦森、沧岚等大型古曼人城市遗址相继被发掘，位于大陆腹地的棉城遗址已经开始显得不再那么重要——它已经被太多学者研究了太久，以至于当浦森遗址被发掘问世的时候，我的一位同事兴奋得在自己的尾巴上狠狠咬了一口："终于可以去挖点儿别的了！"

但是我仍然偏好棉城。

"被挖掘了太久"使得这个大型遗址"活像一块被嚼穿的磨牙棒"——我的同事就是这样评价它的，但是这同时也意味着这里有最详尽的资料和最丰富的调查研究数据。新遗址肯定会有新东西，然而"发现"并不是文明考古学的全部内容，我们还需要"研究"和"分析"。我的这篇文章就完全建立在对已有数据研究和分析的基础上，所以如果你想来这里寻找猎奇的考古新发现，那么你肯定找错了地方。

当然，这并不是说我的结论很乏味，事实上它非常耸人听闻。不过，我劝你不要立刻翻到最后一页去阅读结果，因为第一，这会让你感到难以置信；第二，为防止第一条不幸事件的发生，我把结论放在了一个不用翻到文末就能找到的地方。

考古爱好者、古曼人崇拜会和神圣智慧姐妹会都晓得：古曼人是在我们之前一亿两千万年时繁盛的智慧种族。但是，只有考古学家和那些真正对知识感兴趣的读者才晓得：古曼人本身也有不同，至少，在安大陆东方的古曼人和安大陆西侧以及穆大陆的那些古曼人有着很大的区别，即使是从骨骼和颅骨上都能看出这些不同。

我偏好棉城，还因为它是迄今为止被研究得最充分的东古曼人遗址，这些拥有庞大体形的生物曾经在此地生活，建造居所，繁衍生息，最终悄然灭亡。

目前所有的考古证据都显示：这些智慧生物在一亿两千万年前迅速崛起，繁荣了三千年到四千年，然后就迅速消亡了。从地质年代上来看，他们的兴盛是如此短暂，而成就又是如此辉煌，就像一颗流星划过天宇。

而我，一个尾长尚不自知的小小考古统计学家，将试图通过一座古曼人城市的遗址来向您揭示那些智慧生物最后一百年辉煌的历程。

如果您愿意相信我的判断和推理，那么，请跟我一起，去往一亿两千万年前的棉城。

第二章　秽物与历史

在研究棉城废墟遗址的时候，我们最主要的研究对象，是古曼人遗留下来的垃圾堆、下水道和排泄物集中处理场所。请暂停呕吐、恶心或者不适——任何秽物在历经一亿两千万年后都会变成历史，而解读其中的信息对我们的研究至关重要。

根据我们的调查，一个像棉城这样的古曼人城市，在它的全盛时期，每天——请注意，是每天——产生的垃圾为一千吨，其中有三分之一为工业垃圾，二分之一为生活垃圾，剩下的则来自城市的各个角落。

每日一千吨的垃圾是什么概念？换言之，一个古曼人城市正常运转一年，其产出的垃圾就可以填满卡兰多城所有的隧道、巷子、私宅、公共穹顶大厅乃至通风孔道，甚至还够在我们头顶薄薄地铺上两指头厚的一层。

骨骼研究告诉我们：古曼人的体形是我们的八倍，而事实上他们每一个人生产垃圾的数量是我们的二十倍还要多——请注意，我选择的垃圾数量是所有调查估计数据中最低的一个。这些海量的垃圾一般来说有三个去处：填埋、焚烧、再利用。（我们姑且善意地认为古曼人有这个能力吧，毕竟他们是智慧生物。）

而棉城废墟之所以被奉为考古学家的"圣地"，就是因为它的绝大部分垃圾都采用"压缩填埋"的方式，即压缩垃圾，紧密包装，然后填埋于地下——时隔一亿两千万年后，当它们重见天日的时候，它们依然被保存得相当完好，即使是损坏最严重的表层，也不过是有数个我们远古表亲的洞穴隧道罢了。

当我第一次来到棉城的时候，我的工作就是研究古曼人的十几块粪便化石样品，每块样品平均有三米多高——每块都足足有八立方米之多。

所有被填埋排泄物的年代都非常接近断裂带——也就是古曼人从兴盛到急剧衰亡的那个历史转折点，我的同事林木木推断：这个时代之前，在城市尚未形成足够惊人的规模时，古曼人更多的是将排泄物用作食品工业中的肥料，而不是填埋的垃圾。

但仅仅是这些被填埋的排泄物，其时间跨度也相当惊人，估计在二十到七十年——我们的年代定位法只能精确到这个程度。

从纤维分析上来看，这些粪便化石中的纤维由上而下逐渐增多——鉴于下面的粪便是首先被填埋的，这说明随着时间推移，在古曼人的食物中，纤维植物大大减少了；而另一个分析则指出，这一阶段他们主要以富含淀粉、蛋白质的植物种子以及各种肉类为食。

众所周知，大量的肉类需要规模庞大的畜牧业，以及规模庞大的食品工业。古曼人很显然已经形成了自己的一套食品加工系统，这方面的另一个证据来自对这些排泄物的化学分析：越是后期的古曼人排泄物，就越是富含各种化学物质，它们可以被用作食品防腐剂，并且在古曼人繁荣的年代，很显然被大量地使用过。

拉比特人有一句老话说得好："地道里只有食物和通风孔必不可少。"居住在地面上的古曼人虽然不需要担心后一个问题，但是对食物的需求同样迫切。那么，为什么在拥有如此庞大的——而且明显可以满足城市居民需求的——食品工业体系的情况下，仅仅在一段时间之后，也许是几十年，也许只有十几年，他们就灭绝了呢？

仅仅针对排泄物展开研究无法获得这个问题的答案，因为在灭绝前，古曼人的城市可能已经崩溃，城市卫生系统也可能不复存在，那个时候没有人还会记得去填埋粪便——于是我转而研究其他的东西。

第三章　奢侈的巨人

一个日产一千吨垃圾的古曼人城市是什么模样？

想象一下你面前有一张卡兰多城的剖面图，这座城市有三万条坑道——分为一百二十八层，在坑道中分布着大量的私人住宅、办公穴地，以及分散在城市周边的各个工业穹顶，除此之外，还有几乎与这个城市同等规模的食品工业生产穴地，以及蜿蜒在城市下方细密的排水管道——

然后想象一下把这一切东西统统搬到地表，堆垒成占地两千平方米、高一百二十米的巨型长方体——整个卡兰多城的人造物大约可以堆积三十个。

是否足够巨大了？

那么，我可以告诉你，仅仅在已经发掘的棉城遗址上，这样的长方体建筑物——古曼人的巢穴——就有三千七百多个。

以上这些数字或许能够帮助你了解古曼人的生活规模有多么惊人，但是这尚不足以说明他们的奢侈。毕竟，一个体形八倍于我们的种族需要更多的食物、更多的衣物和更多的日用品，当然，还有更加广阔的生活空间。

对生活垃圾的研究显示，在古曼人的全盛时期，生活垃圾中的工业产品占据了相当大的比重，它们绝大多数是不可能从自然中获得的高分子碳化合物——很显然，它们曾经被大量应用于古曼人的生活当中。

这也正好与棉城的古曼人大量食用肉类和淀粉类食品是同一时期。这个时候，他们的生活非常舒适惬意，并且看起来没有任何值得担忧的事情。

但是在过去的许多年里，有几个问题一直强烈困扰着我们这些考古学家：古曼人的食物究竟从何而来？他们的工业都高度集约而且规模庞大，但是要喂养这样一个巨大的城市，至少需要一个和这个城市相当的空间来生产食物——这个空间在哪里？为何我们从未挖掘到古曼人的食品工业生产地？

直到去年，一批被埋于地震砾石下方的古曼人村镇遗址发掘问世，这些疑问才得到解答，然而这个解答非常惊世骇俗，令人难以置信，因此我想在这里详细说说。

事实上，古曼人并不存在"食品工业"。

请先不要举起您那充满反对和疑问的尾巴，我清楚，自我们的远古宗亲在地道里开始培育第一批蘑菇时起，我们才真正可以被称为"人"。食品工业是我们文明的基石，也是我们智慧的立身之本——因此要想象一个不存在立体集约式食品工业的文明是相当困难的。

然而各种证据，尤其是来自地震砾石下方的古曼人村镇遗址表明：当一百万户居民挤在棉城生活的时候，有一些古曼人以数百到数万户不等的规模散居在棉城周边地区，而且这些人的居住地的周边有比棉城广阔千百倍的土地。

我必须再次强调：古曼人是一个生活在地表的种族，他们衡量"世界"的时候，更多使用的是"面积"而不是"空间"。那么，这些古曼人远离城市，孤独居住（以我们的标准也已经非常孤独）是为了什么呢？

为了生产食物。

不，这不是我们常规意义上的食品生产工业，我们的食品工业可以用一立方英里的坑道喂养一立方英里城市内生活的人，但是古曼人要用百倍乃至千倍于一个城市的地表资源来喂养一个城市。

换言之，他们的城市里其实只有食品加工工业，而真正意义上为他们提供食品的是种植业。

也许这听起来实在令人难以置信，但古曼人的生活方式就是如此。在古曼人生活的年代，世界上有八分之七的土地都是可以生长植物的，不像我们头顶的地表有四分之三是荒漠。种植业对于我们来说是获取稀有生物资源和奢侈品的行当，但是对于古曼人而言，却是喂饱他们饥饿肠胃的最重要手段。

古曼人的食谱也和我们的截然不同，他们主要食用地表植物的果实、种子和少量的绿色叶片，以及大型动物（这里的"大型"指和古曼人体形相当）的肉和内脏。我们平时食用的真菌类偶尔会出现在他们的食谱里，而大型昆虫从不曾存在。

好好想想这意味着什么吧。当我摘下一朵蘑菇食用的时候，我知道它的菌根或者孢子尚能在地下继续长出新的蘑菇，而古曼人食用了植物的种子，也就相当于扼杀了新的植物生长的可能性——虽然一亿两千万年前的地表植被茂盛葱郁，但这仍然是一种相当奢侈的行为。

而且，地表植物位于碳循环链条的高端，这意味着食用这些东西、集中填埋粪便将会打破碳循环链条——古曼人也许知道这些，但是他们不可能停止食用绿色植物，就像我们没法丢下蘑菇去嚼树皮一样。数百万年的基因决定了食谱，它不可能因为我们抑或古曼人的意志而发生转移。

从某种程度而言，古曼人是奢侈的巨人，他们食用着自己的地表碳配额，咀嚼着自己的每一寸土地。根据发掘出来的一些图片资料，他们曾经尝试过创建立体集约化的食品工业，但是仅止于尝试阶段。

说到地表资源，还有一点是不得不提及的，就是火。

我们的文明直到近代才成功驾驭了火。显然，体形八倍于我们的古曼人开始使用火的时间更早，他们可以轻易控制我们无法控制的大型火堆——事实上，火的使用几乎贯穿于他们的整个文明史。

从棉城遗址发掘出来的资料显示：他们既大量燃烧地下的天然气和石油矿藏，也大量燃烧木柴等地表资源——古曼人的房子并不像我们的坑道那样保暖，因此他们生活中的每时每刻都在使用火，包括烹调和取暖。

火焰的燃烧大量消耗着地表和地下资源，但是，这种"燃烧利用"方式的效率很低。一个居住在棉城的成年古曼人，他的体形可能是我们的八倍，而他消耗的地表资源则是我们的六十到一百倍。

将"奢侈"冠于这个灭亡的智慧种族名字之前，可谓再合适不过了。

但是，古曼人为何灭亡？因为地表资源再也无法维持他们的奢侈生活了吗？

即使是在我们的文明里，这样的例子也并不少，但是一般来说，当食物资源开始短缺时，人口会随之减少，直至达到新的平衡，然后继续生存下去……

但是，古曼人在短短二十年，或者四十年的时间里就迅速消亡殆尽，杳无声息，好像他们从未在这个世界上存在过一般。这一现象是不能单纯用"食物资源短缺"来一言以蔽之的。在古曼人的消亡过程中，有很多独有的、从未在我们的文明中出现过的现象——比如那些空巢，还有消失的孩子。

第四章　丢失的孩子们

在研究棉城遗址的时候，我们发现，越是接近古曼人灭绝的断裂年代，古曼人的婴幼儿用品废弃物就在垃圾堆里出现得越少；也就是说，从某个时候起，古曼人的生育数量开始减少，到接近灭绝年代时，几乎是剧减——仿佛约定好了一样，新一代的古曼人都不再尝试生育孩子。

为什么呢？因为某些原因，他们不能生育了吗？

不，可以看出，同时期的其他城市——比如穆大陆的西古曼人城市——仍然有古曼人在大量生育，而棉城的古曼人也有孩子，不过数量非常少，估计平均每十户古曼人家庭只有一户生育孩子。

生存压力或许可以用来解释这一时期古曼人拒绝生育的原因，他们一胎只生育一到两个孩子。

必须说明的是，从我们的文明建立之初起，人口控制就与我们的生存发展如影随形，不过对于古曼人来说，他们没有这方面的意识——也许意识到了，只是为时已晚。

但是，任何一个种族，尤其是智慧种族，在遇到严峻的生存压力时都会考虑降低生育数量——如果你的孩子看上去很难有一个光辉的未来，那为什么还要让他降临到这个世界上呢？

古曼人孩子的数量剧减，证明那个时候他们已经感觉到了严峻的生存压力，随之而来的一些证据表明：昂贵的工业产品在生活垃圾中出现的频率和食谱中的肉类比例都大大降低。这些都说明当时的生存压力已经相当严峻。

但是这压力来自何处？

城市膨胀导致不事生产的人口增多，这些人口需要土地的地表资源来喂养，而地表资源有限，即使考虑到科技发展带来的产值增长，它也仍然有一个临界值。

奢侈的古曼人很快就跨越了这个临界值，跌落到毁灭的深渊里。

第五章 连 锁

当我们说到"棉城废墟"的时候，似乎指的就是我们发掘的这些遗址，这个庞大的城市。然而这个看法是错误的。任何一个拉比特社会学者都不会抛弃一个城市的食品工业来单独分析这个城市；同理，如果我们要分析棉城遗址，那么就必须同时分析棉城周边广袤的地表资源——它们等同于古曼人的食品工业穴地。

由于地质运动，我们无从得知棉城高原地带在一亿两千万年前是什么样的地貌，但是毋庸置疑，根据排泄物内的微量元素分析可知，棉城人食用的东西大多来自周边二万五千平方公里土地上的地表资源。

在食品匮乏真正出现之前，生存压力就已经形成，并且日益加剧。生活垃圾里，被抛弃的耐用品减少，工业用品也减少，这说明古曼人当时已经开始小心翼翼节省自己的生活开支。但是从某个时候起——也许是动乱，也许是饥荒——整个棉城都陷入了饥饿恐慌状态。

垃圾填埋被中止了，日常工作被抛弃了，钱币买不来食品——绝望的古曼人在这个时候选择了一个极端的做法：抛弃城市，前往广袤的乡村。

这迥异于我们祖先的做法，饥荒中，城市是首要迁徙目标，因为城市有更大的食品穴地。

然而古曼人没有食品穴地，城市无法喂养它的居民，因此棉城的古曼人不得不前往乡村，那里有他们自己的食品工业。

但是，乡村正是因为饥荒和无力喂养才停止向城市供应食品。种植业开发了每一寸土地，以至于这些城市的流民甚至没办法开辟出一小块土地来养活自己。

城市的荒弃还导致了一个恶性循环：棉城周边的种植业绝非孤立生产，他们依赖城市生产的大量土壤添加剂来提高种植产量（我们发掘了一个这样的工厂，它生产的绝大部分人造物质都可以在棉城年代地层土壤里找到）；而城市荒弃后，种植业无法得到工业产品，因而产量持续下降，能够喂饱的人更少。

我必须非常痛苦地承认，在最后几年的发掘中，我们发现了大量被啃食过的古曼人骸骨——那个年代，古曼人已经进入了人吃人的疯狂状态。

除此之外，人口的剧减带来了一个大规模的气候变化：在古曼人的全盛期，他们人为或者半人为地导致大气圈的温室效应加剧，虽然这带来了各种麻烦，但是可以想象，温室效应加剧对种植业是有着很好的促进作用的。

而人口剧减后，温室效应在十到二十年内就急剧回落，甚至引发了一个小冰河期。这使得本来就已经复归原始状态的种植业遭到了进一步的打击，同时也使得古曼人的人口再一次减少。

然而，这仍然无法说明古曼人迅速消亡的原因，因为即使在最绝望的时期，根据我们对棉城废墟及其周边情况的分析，整个安大陆上至少还有一亿左右的古曼人。这个人口基数足以令他们重建一个文明，虽然比起从前的奢侈好日子来可能要贫穷许多，但是至少可以相互扶持着生存下去。

那么，压垮古曼人的最后一根稻草是什么呢？

这要从棉城废墟东部的新城说起。

尾声 孤 舟

这座新城位于棉城废墟的东部，靠近一片冲积地层——据推断，这里在一亿多年前可能是一片平原。

我们发掘到新城的时候，曾经对它存在的年代争论不休，因为这座新城的年代正好介于断裂时代和古曼人灭绝时期之间。在那个绝望的时期，古曼人仍然有能力建造一座新的城市吗？

答案是：能。

这座城市相当小，生产、居住都非常集约化，而最近发掘出的一些线索说明了它的用途。

这是一座发射太空飞船的工业基地城市。

根据我们的计算和分析，在古曼人灭绝之前，这里至少发射了上千艘飞船，它们推力和功率很大，不可能用于任何地球上的交通，而只能是一次次前往星际的飞行。

之前我们曾经说过，当棉城陷入重重压力的时候，其他古曼人的城市仍然有一些同时存在着。古曼人的文明曾经遍及全球，这说明崩溃来临之时，不同的城市或地区之间曾经勉力彼此支持——最终一块儿完蛋。

我们无从推测幸存的古曼人为何要集中所有的残余文明力量来发射这些大型飞船。也许他们太过贪恋以往的辉煌岁月，而地球资源已经耗竭，他们被迫前往远方寻找新的星球；也许他们不愿回到祖先的农耕生活里去，从而决定全力一搏。

但我认为，这些都不是主要原因。从资料上来看，古曼人灭绝后期的小冰河期持续了数千年之久。这期间，他们不仅面临着严峻的生存压力，而且还面临着文明的退化。

如果他们留在地球上勉力生存下去，那么也许数千年后可能再度崛起，但是之前取得的成就、品尝过的辉煌都已烟消云散。

把你自己放到古曼人的境地去想一想：你是否能够接受这样的结局？

古曼人选择了另一种途径：集体逃离这颗贫瘠寒冷的星球，投身宇宙。

然而，这是一次悲哀的航行。我们从未在金星、火星以及太阳系的其他星球上发现古曼人的遗迹，也许他们选择了更远的某颗行星。但是，姑且认为古曼人的飞船可以支持一百年，并在某个星球定居下来——在当时有限的社会条件下，这是最乐观的极限——很显然，一亿两千万年来，他们从未回来过。

你会抛弃你的故园再也不回头吗，即使你已经过上了无比富足的生活？

我认为，古曼人最后的那批孤舟肯定已经迷失在茫茫太空之中，或者在找到殖民地后因为各种原因而消亡了。一亿两千万年的岁月实在太过久远，即使把最早的古曼人化石也算上，他们也只占据了其中最初六十分之一的时间。

那么，回到开篇，我的家乡。

白林这个小镇之所以衰落，恰恰是因为它周边的城市开始崛起。如今，白林已经沦落成米提斯城食品工业系统的一部分，正像古曼人的城市以它周边的土地为食一样。

我们——拉比特人——正在迅速崛起，工业化、城市化、信息化……我们越来越像那些久远时光之前灭绝的巨人……而这也是我撰文的初衷。

古曼人跨越了他们的极限而跌入灭亡。

那么，我们的极限在哪里？

即使穷尽地下五神的智慧，他们也不可能在我们面前划出一条清晰的界线，告诉我们：越过此地，便是灭亡。我们必须用我们的智慧去探究，用我们的头脑去思考。我们不是用尾巴领路的原始生物，我们也不是古曼人。

我们是拉比特人，这个星球上如今仅有的智慧生物。

但是当我第一次见到那片棉城废墟的时候，我曾经跪倒在地，泪流满面。那些古曼人，他们曾经拥有智慧和文明，曾经繁荣，曾经遍及整个世界——然后就那么无声无息地灭亡了。

我为自己窥到了"智慧"的尽头而哭泣不已。

异星大劫案

米泽

在巨大的银河系的某条旋臂的某个角落的某个白矮星系中的某个垂死行星的某个无名小岛的某条曲折小巷里，住着闻名宇宙的"银河五虎"。他们穷凶极恶，无恶不作，恶贯满盈，恶向胆边生，恶人先告状！

　　他们分别是大傻棒、小澎蛙、瘸子和跟屁虫。

　　后来，他们发现了自己数量上计算有误，但他们不打算改。因为"银河五虎"比"银河四虎"听起来更加虎虎生风，人数上也占有绝对的优势！

　　再后来，他们无意中捡到了一只流浪的癞皮狗，终于勉强凑齐了"银河五虎"。这让他们高兴了好几天，但是癞皮狗自己很不满意，"虎"似乎是它一直以来非常鄙视、经常欺负的某种猫科动物的远亲，被迫自称为"虎"令它很不爽，它一直认为自己是犬科动物来着。

　　最后，他们在一起过上了快乐幸福的生活。

　　最后之后，我想告诉你，其实上面那句话永远都不会发生。

　　你可以把它自行调到这篇文章的末尾去，以便让这个故事看起来就像是获得了一个美好的大团圆结局似的。

　　请准备好一条毛巾，最好是不会掉色也不会掉毛更不会起球的那种。

　　因为这是一个令人伤感的故事——格调异常灰暗，五个主人公的不幸遭遇催人泪下。

　　悲剧是从某个平淡无奇的早晨开始的。银河五虎百无聊赖地聚到了一起，计划着干一番拿得出手的大事。

"我有一个振奋人心、能令咱们威名远扬的计划！"大傻棒兴奋地咬了一口面包，"我建议咱们抢劫银河！"

"抢劫银行吗？"跟屁虫兴奋地附和道，"我同意！"

"我也同意！"瘸子恶狠狠地说道。他非常凶残，是个名副其实的搏击大师，所以他整天到处打架，最终被一个无名小辈给打瘸了。

"我刚才说的好像不是银行。"大傻棒吞完剩下的面包，一点儿渣渣也没掉在地上，"管他呢，抢劫银行听起来也不错！"

"同意！"跟屁虫兴奋地说道。

"可是，银行在哪里？"小澎蛙闷闷地问道。他为自己能够抓住问题的关键而暗自骄傲。

银河五虎所在的星球上没有银行，没有自动提款机，甚至连个农村信用合作社都没有。但是，几乎所有犯罪题材的影视作品，甚至动画、漫画中，都充斥着形形色色的银行抢劫案，里面的抢劫犯简直酷到不行。他们认为，抢银行毫无疑问是各种抢劫活动中的最高成就，是抢劫行当皇冠上最大的那颗钻石！

"嗯，"大傻棒挠了挠头，"我听说有一个星球叫'银行星'，那个星球上没有别的东西，只有不计其数的银行。"

"只有银行？"瘸子惊讶地问道，"那他们怎么赚钱？"

"你要知道，"大傻棒信心不足地信口雌黄道，"银行就是钱最多的地方。你把钱存进去，钱自己就能管好自己，它们会在银行里结婚生子，最终让你所拥有的钱越来越多！"

"我喜欢银行！"跟屁虫满脸羡慕地宣布。

"毫无疑问，"小澎蛙深思熟虑地总结道，"银行星是抢银行的最佳场所！"

他们最终还是没能凑够前往银行星的车票钱。为此，他们变卖了大傻棒和瘸子的所有资产，甚至差点儿把癞皮狗给卖了，但是为了保持"银河五虎"的完整性，他们忍痛没有这么做。他们手头的钱只够抵达一颗名为"地球"的行星，银河长途飞车的售票员保证地球上也有银行，而且遍地都是。

于是，银河五虎踌躇满志地出发了。尽管他们身上连一根烧火棍也没有，但他们发誓要抢一家气派的银行，并命令所有人都趴在地上，直到警车呜哇呜哇地赶来——就像电影里演的那样。

毫无疑问，这将给这颗名为"地球"的行星带来难以估量的后果：生灵涂炭，哀鸿遍野，惨绝人寰……

至少银河五虎心里是这么想的。

他们五个现在站在地球上一个繁忙的十字路口，脸上满是外地人所特有的茫然和无助。

"我感觉我们应该往……那边走。"大傻棒往背后一指。他绝不打算擅自通过眼前这个"万马奔腾"的路口。

"我的建议是问问路。"小澎蛙睿智地指了指路口边上的报摊。一个戴着袖套的大妈坐在推车后面，百无聊赖。

银河五虎走了过去。

"买什么报纸？"大妈喜形于色。

"我们……想问问路，"大傻棒不好意思地说道，"请问周围最近的银行在哪里？我们打算抢……"

小澎蛙猛地一跳，用双手捂住了大傻棒的下半句话。

"买张报纸吧！"大妈正色道，"股票解密，明星咬人，总统丑闻，鸟粪养颜，应有尽有！"

"我保证，"大傻棒诚恳地说道，"我们找到银行办完事之后一定来买一张最贵的报纸！"

"否则我们没钱买！"跟屁虫补充道。

大妈撸了撸袖套，气哼哼地坐了回去，仿佛她面前的这四个人和一条狗都不存在似的。

癞皮狗用前爪扒着大傻棒的裤腿，它嘴里叼着一个亮闪闪的东西。大傻棒把那个亮闪闪的东西接过来一看，发现那是一个钢镚儿。谁也不知道它是癞皮狗从哪里捡来的。

钢镚儿被丢进了零钱罐，砸痛了另一个钢镚儿。一张缺角的报纸被塞进了大傻棒的手里。

然后，大妈冲着街对面指了指。

在街对面，二十米远的地方，一扇大玻璃门上面挂着一个大招牌，招牌上字很多，最后两个字是"银行"。

银河五虎立刻如狼似虎地冲过了马路，身后留下一片汽车司机的咒骂声。

"但是，还有一件事阻碍我们的计划！"大傻棒说道，"我们没有武器。"

"抢银行的人都有武器！"跟屁虫补充道。

"没关系，"小澎蛙咬着下嘴唇，"我有办法。"说完，小澎蛙把左手塞进上衣口袋，用食指和拇指在里面顶了起来，从外面看像极了一把手枪。

于是几个家伙都把左手塞进上衣口袋，然后就冲进了银行。

两分钟后，他们又冲了出来，现在他们终于搞清楚什么叫作"24 小时自助银行"了。

银河五虎陷入了前所未有的困扰之中。

"我们真应该想办法到一个银行密度更大的星球上去，"大傻棒茫然地说道，"譬如银行星之类的。"

"是你听从了售票员的建议，买了来这里的车票的！"小澎蛙不客气地冲着大傻棒嚷嚷道。

"但是那个售票员保证过，地球上到处都是银行，咱们才来的。"大傻棒郁闷地发现一切错误的根源就像一只拴了绳的鹦鹉一样，无论怎么绕，最终还是会回到他的身上。

"别吵了！"瘸子阴险地说道，"不远的地方就有一家银行，而且我确定那家银行不是什么该死的自助银行。"

大伙儿顺着瘸子所指的方向望去，确实，不远处就有一家银行，而且里面人满为患。

为了理想，为了事业，也为了冥冥之中的某种安排，银河五虎再次上路。

这是一家非常拥挤的银行，刚才也提到过了，人满为患。

银河五虎将左手塞进口袋，癞皮狗象征性地收起了左前爪，四人一狗冲了进去。

"取个号，然后上后面排队去！"两个凶神恶煞的保安给他们每个人的手里塞了一张标有阿拉伯数字的小票，然后就将他们粗暴地推了出去。

他们无奈之下只好开始寻找无限长的队列的末尾。

他们一直走了两条街，终于在一间包子铺门口找到了银行业务排队队伍的尾端，然后百无聊赖地开始排队。

"我饿了。"大傻棒宣布。

"而且在饿死之前不可能排完队。"小澎蛙补充道。他认真地研究着手里那张排队票号，上面清晰地写着"第 1200784745 号。您前面还有10 692 名排队中的客户。"

包子散发出诱人的肉香味儿，癞皮狗感觉快要管不住自己的原始冲动了。

一个胖胖的中年妇女从包子铺里走出来，不由分说挤进队伍中，直接站到了瘸子前面。

"对不起，"瘸子生气了，怒发冲冠一怒为红颜祸水（对于这句话，你可以尝试多种断句方式）地说道，"您似乎应该排到后面去，何况你还没取号呢。"

"我有脉管炎，不能久站。"中年妇女说道，"如果你还算个男人的话，就应该拿出点儿绅士风度来，让女士们优先！"

"可是，"瘸子扬着手里的小票说，"你还没有排队号。"

"谁说的？"那位女士从提包里拿出了一张排队号，上面的号码的确排在瘸子前面，"队伍行进速度太慢了，我进去吃了一顿饭，队伍才前进了七厘米。"

这时，队伍前面传来了一阵叮叮咣咣的声音，排队的人中已经有人开始搭建宿营帐篷了，甚至还有一个夸张的家伙开始写遗嘱了。

"顺便问一句，"小澎蛙礼貌地问道，"大约什么时候能排到咱们进银行？"

"如果下个月十五号之前咱们不能前进到前面那个小路口的话，"中年妇女估算道，"那么中秋节以前就没戏了。"

银河五虎的脸集体绿了，而且彼此之间的色差很小。

"我觉得咱们还是得冲进去，"大傻棒挠着后脑勺说道，"毕竟抢银行应该不需要排队才是！"

"谁要是敢抢银行，"中年妇女气鼓鼓地大声喊道，"让大伙儿白排半天队的话，我想他们肯定是活腻歪了！光排队的这些人就能用浓痰把劫匪淹死！"

排在中年妇女前面的人纷纷撸起了袖子。

大傻棒缩了缩脖子，不再说话了。

"如果你们有什么特殊计划的话，"中年妇女说道，"我劝你们去街拐角右边的那家银行，那里一般人很少。"

"你为什么不去那里办理业务？"小澎蛙谨慎地问道。他预感到这里面似乎有一个陷阱。

"毕竟，"中年妇女说，"办理跨行业务是要收取手续费的，我得多花五块钱呢。"

银河五虎默默地退出了队伍，朝着十字路口走去。

这家银行门口一个排队的人都没有。在确定了不是"自助银行"之后，他们再次冲了进去。

"抢……"大傻棒吼了一个字，就没了动静。因为，你没法对着一张无比诚恳的脸说出剩下的那两个字来。

拥有一张无比诚恳的脸的投资经理热情洋溢地抱住了小澎蛙，与此同时，两只手还穿过他的腋下，分别握住了瘸子和跟屁虫的手。

"欢迎你们，"那个投资经理热泪盈眶地说道，"客户就是上帝，我们将满足你们的所有要求。"

"可是……"大傻棒咽了口唾沫，"你也太热情了吧。"

"我们可不是来办什么常规业务的，"跟屁虫指出，"而且我们绝对不会从排队机上取号！"

"明白了！"投资经理两眼放光地说道，"你们是 VIP（贵宾），是 VIP 中的 Plus（加强版）！"

"什么意思？"银河五虎面面相觑。

"意思就是你们是贵宾中的贵宾。"投资经理不由分说地将他们一把推进挂着"贵宾室"小牌子的办公室，将他们安顿在长条沙发上，自己则坐进了高靠背皮椅中。

一秒钟后，一个年轻人端着四杯咖啡和一碟狗粮走了进来。

"各位请慢用，"投资经理十指交叉放在桌面上，身体前倾，笑容满面，"请问各位想办理什么投资项目？"

"您可能有点儿误会，"大傻棒说道，瘸子在一边点了点头，"我们是来抢银行……"

"明白了！"投资经理竖起右掌，微笑着制止道，"毫无疑问，几位需要一份全面的人身意外险，和一份惠及曾曾孙的寿险！"

说完，他从桌子下面抽出了几张保单。

"顺便问一下，"他抬起头来，"各位抢到钱后打算投资哪个领域？股票、债券、基金，还是期货市场？"

"这个我们倒是还没想好，"跟屁虫舔着嘴唇，"你有什么好建议吗？"

"我向各位郑重推荐指数型基金。"投资经理正色道，然后吐出了一大堆他们听不懂的专业术语，"根据专家预测，下半年大盘将持续上涨，指数型基金尤其适合将赃款中的 30% 进行定投！"

"听起来不错！"跟屁虫总结道。

"可是我们目前还没有钱能够运作这种投资。"小澎蛙冷静地指出。

"干吗非得从事那些铤而走险的勾当呢？"投资经理推心置腹地讲道，"各位只要办理一个基金定投的手续，每个月只需往户头存 2 000 块，300 年后就能获得 5 578.39% 的回报！"

"我们没有户头，"瘸子阴森森地说，"连个户口都没有。"

"只要有财产证明，或者有人给你担保，你就能够在本行开户。"

最终，大傻棒给小澎蛙担保，小澎蛙给瘸子担保，瘸子给跟屁虫担保，而一位莫须有的名叫"癞皮狗"的商界名流则给大傻棒担保，完成了这一系列复杂的担保背书工作。

银河五虎被谦恭的投资经理送出了银行，每个人手里都拿着一个纸袋子，里面装着几张信用卡、借记卡和五份保险合同，以及一大堆乱七八糟的回执单。

"也就是说，"小澎蛙擦着一脑门子的冷汗说，"咱们不光没抢到钱，现在反倒欠了一屁股债。对吗？"

"没错，而且下个月十三号以前还必须往户头上存入 4 185 元，否则就会产生滞纳金什么的，并因此影响到我的还款信誉。"瘸子眼神凌厉地说道。

"我终于明白为什么来这家银行的人比较少了。"跟屁虫若有所思。

"这样我们就有动力去抢银行了！"大傻棒破釜沉舟地一拍大腿。

"我认为这一切都是从咱们打算抢银行之后开始的。"瘸子生硬地说道，咬紧了自己的后槽牙。

"而抢银行是大傻棒提出来的。"跟屁虫附和道。

大傻棒郁闷地发现一切错误的根源就像月光下的一根电线杆的影子，无论怎么偏斜都像是一根如假包换的"大傻棒"。

一辆标有"武装押运"字样的运钞车从他们面前呼啸而过，甚至将一辆同样呼啸而过的救护车挤到了一边。

"嘿，兄弟们！"小澎蛙兴奋地喊道，"这意味着离这里不远的地方应该还有一家银行！"

说完，他带头向着运钞车消失的方向跑去。

其他几个银河五虎的成员也追了上去。跟屁虫速度最快，癞皮狗竭尽全力跟在后面，大傻棒勉强没有掉队，瘸子则跟在最后，使尽全力咒骂那个把他打瘸的无名小辈的所有祖宗！

根据数据统计，满载的运钞车比空载的运钞车速度快两倍，所以当它直接拉响警笛全速前进时，即使是威震宇宙的银河五虎也只能徒呼奈何……

运钞车拐了个弯，彻底消失不见了。

银河五虎陷入了彻底的绝望。

跟屁虫一屁股坐在了地上，癞皮狗将舌头吐在嘴外面，瘸子倔强地哭了出来。

"完了！"小澎蛙哀叹道，"彻底完了！"

"我们还是回去吧！"大傻棒脸色铁青地说道。根据银河长途飞车的运营时间表，今天最后一趟经过地球的车将在一个小时后路过这里。他们只要在刚才下车的地方高举双手，掌心朝天，然后拼命地摆动双手七分钟，就会被路过的银河长途飞车捎走。

或者，会被路过的警车捎走，在精神病院接受半个月的保守治疗。

"我们回不去了，"小澎蛙垂头丧气，"因为我们没钱买返程车票。"

"而且我们没钱交下个月的保险费。"跟屁虫附和道。

瘸子缓慢地抬起了手臂，指了指马路对面。

一家真正体面的银行就坐落在那里，张开怀抱等待着银河五虎。它的招牌足有五十米长，铝塑板上镶嵌着 LED 发光字，十根高大精美的罗马柱支撑起了前廊，巨大的玻璃旋转门外面铺着暗红色的地毯。

四个人和一条狗站在暗红色的地毯上，歪头看着这家华丽的银行。此时此刻，百种滋味萦绕在他们的心头，难以言表。

银河五虎肩并着肩，破釜沉舟地向着旋转门走去。这是他们的最后一次机会。

他们在旋转门那里犹豫了一下，不得不屈从于现实，两个两个地分三拨肩并着肩走进了银行。

"我们，"他们走进去之后一字排开，气运丹田，愤愤不平地吼道，"抢银行来了！"

说完，他们仿佛卸下了千斤重担，癞皮狗甚至当场抬起右后腿排了一泡焦黄的尿。

宏伟的银行大厅里庄严肃穆、空空荡荡。

银河五虎发现柜台那边一个业务员也没有。他们又低头往下看，发现大理石地面上倒是趴着许多人。在墙边，还有一排人蹲在那里，双手抱头。

"奇怪，"大傻棒说道，"我们还没让你们这么做呢，你们地球人真是被抢意识超群啊！"

"全部蹲下！"四个头上蒙着黑色丝袜的人不知道从哪里蹦了出来，每个人手里都拿着一支双管霰弹枪，背后还背着一个沉甸甸的双肩背包。

　　八个黑洞洞的枪口对准了银河五虎。

　　"什么意思？"大傻棒傻愣愣地问道。

　　"什么什么意思？"小澎蛙将双手放在了头上，"他们正在干咱们一直没干成的事！"

　　银河五虎很配合地蹲到了墙角。

　　大傻棒突然举起了手，这差点儿让他挨上一枪。

　　"干什么？"一个蒙面劫匪问道。

　　"朋友，"大傻棒一脸傻笑，"商量商量，能让我们入个伙不？"

　　蒙面劫匪差点儿扣动扳机。

　　"我们不要钱也行，"跟屁虫应声说道，"真的！"

　　突然，另两个抬着一只箱子的蒙面劫匪从铁门后面走了出来。"得手了，快走！"其中一个劫匪喝道，六个劫匪开始向着大门口奔跑。

　　警车终于呜哇呜哇地赶到了，而且是一大片呜哇、无穷无尽的呜哇。

　　六个劫匪只好返回了银行大厅。

　　"喂，喂，喂喂喂……"警方的扩音器哗啦哗啦地响着，"里面的劫匪注意了，你们已经被包围了，放下武器，不要负隅顽抗！"

　　一个劫匪冲着外面喊了几声，两分钟后警方派人给劫匪送来了一套扩音设备。

　　"放我们走，"一个声音尖细的劫匪喊道，"给我们一架直升机，"他停顿了一下，然后补充道，"还有一个直升机驾驶员。否则，我们就在十分钟后杀掉第一个人质。"

　　"孩子是无辜的，先把孩子放出来！"警方的扩音器咔嚓咔嚓地响着。

　　"里面没有孩子。"声音尖细的劫匪回喊道。

　　"老人和妇女也是无辜的，把他们先放出来！"警方强调。

"所有人都是无辜的，"声音尖细的劫匪叫道，"包括我们在内！"

两边都沉默了。

十分钟过去了。显然，警方想看看劫匪的枪里面是不是真的上了子弹。

两个劫匪走到墙角，其中一个一把将跟屁虫拽了起来，推着他走向旋转门。

"这是我们要杀的第一个人！"声音尖细的劫匪宣布道，"然后把他那具非常无辜的尸体给你们送出去。"

"等等！"警方的大喇叭咣当咣当地响着，"现在直升机已经找好了，就差一个愿意飞这趟任务的驾驶员了！"

一个劫匪冲着跟屁虫的后背正中央开了一枪，巨大的声浪在银行大厅里回荡。大约一半的人质因此吓晕了过去，另一半则暂时性地产生了某种幻觉。

这种幻觉就是：一个人明明近距离挨了霰弹枪的致命一击，却没有因此而倒下。

"看到没有？"大傻棒激动地站了起来，"这才是抢银行的正规道具。帅呆了！酷毙了！爽歪歪了！"

"没错！"跟屁虫转过身来，兴奋地应声道。他两眼放射出了无数道蓝紫色的光芒。唰地一下，那支双管霰弹枪已经到了跟屁虫的手里，而刚才开枪的劫匪却不见了。三秒钟后，劫匪才从空中掉落下来，发出一声重重的闷响。

"我们必须得搞一支这种神气的家伙！"大傻棒一边喊，一边冲向另一个劫匪。那个劫匪只好冲着迎面而来的大傻棒开枪了，将他的上衣轰成了一张布质渔网。

大傻棒毫不在意地跑过去，兴高采烈地抓住了枪管，然后用力一挥，那个劫匪就像纸飞机一样画着不规则的弧线飞了出去。最终，人肉纸飞机飞出窗户，掉落在一辆警车上面。

剩下的四个劫匪一起开枪了——很显然，现在他们除了开枪也没有别的事情好做了。开枪是他们绝望的抵抗，每一声枪响都在诉说着他们对于眼前这不可思议的景象的无声控诉！

瘸子在零点零一秒内接住了喷向人群的无数颗弹珠，并把它们噼啪噼啪地丢在地上。他随手抓住一个离自己最近的劫匪，然后将劫匪的两条胳膊系在一起，打了一个漂亮的蝴蝶结。

"太慢了，这点事儿还需要我给你补漏！"说完，小澎蛙圆头一甩，露出了他那个长着七十多颗牙齿的血盆大口和三尺多长的舌头，吐出了几十颗瘸子遗漏的弹珠。

一开始的时候我们就说过了，银河五虎来自一个白矮星系。白矮星是恒星演化过程的最后阶段，几乎不发光，但是拥有超高的密度和温度。

既然那个行星上的生物（包括一盆花）撑过了恒星变成红巨星时的巨大辐射，又熬过了白矮星所散发出来的重力波，那么他们理所当然地在体质上发生了某种不可思议的变化。

所以，银河五虎都缺乏地球人所特有的韧劲和持久性，但是其爆发力却可以在短时间内无限增强，这种力量甚至可以在一瞬间消灭一个地球整编师。

一个劫匪当场被小澎蛙的外表吓晕了，另外两个还能行动的劫匪则扭头向旋转门跑去。从他们楚楚可怜的背影来看，他们分明是想要去警察那里寻求某种精神上的安慰。

癞皮狗狗影一闪，只见它用闪电般的速度在两个劫匪的屁股上各咬了一口，然后便累得趴倒在了地上，大口喘着粗气。

某种不足以致命但足以让人类基因产生混乱的毒素开始在逃跑的劫匪身上起作用了。

那两个劫匪越跑越慢，最终倒在了旋转门后面。他们身上都长出了大片绿色的苔藓，嘴里还不断地冒出腥臭的污水。

人质们抓住机会嗯嗯啊啊地冲了出去，警察们则抓住机会哼哼哈哈地冲了进来。

无数媒体的闪光灯和鲜花轰炸着银河五虎。小澎蛙瞬间变回了人类的样子，大傻棒傻笑着挠着后脑勺，跟屁虫频频向大家点头微笑，瘌子恶狠狠地摆着一张臭脸，癞皮狗则吐着舌头狂摇尾巴，希望有人能给它一块早餐面包什么的。

昨日下午，本市发生了一起银行劫案，六名抢劫惯犯持枪抢劫了我市最大的一家银行。警方及时赶到，冷静沉着地控制住了局面，在四位自称是外星人的热心市民帮助下，生擒了全部劫匪。关于此事件的详细报道请参看 A18 版标题文章：《劫匪抢银行，"外星人"不答应！》。

小澎蛙看完这一段描述之后，将报纸丢回袖套大妈的报刊推车上，摇了摇头。

"什么意思？"大妈高声喝骂道，"你们打算看'霸王报'吗？"

大傻棒一脸尴尬，他突然感觉有东西在扒他的裤腿。他低头一看，癞皮狗嘴里叼着一个亮闪闪的硬币。

钢镚儿被丢进了零钱罐，被另一个钢镚儿硌得生疼。一张崭新的报纸被塞进了大傻棒粗糙的手里。

"我当时建议过他们几个，"大傻棒满脸遗憾地摇着头，"让咱们入伙来着！"

"没错，他们绝对应该同意。"跟屁虫应声道。

"这样咱们就算抢过一次银行了，我还想跟警察好好干一架呢！"瘌子气愤地拍着大腿，脸颊现出了瘆人的绯红色。

"至少，"小澎蛙晃动着脖子说道，"咱们见识了一次真正的银行抢劫案，下次咱们就可以依着葫芦画瓢了。"

银河五虎站在十字路口的传送点上开始向着路过地球的银河长途飞车

打申请上车的手势。路过的行人诧异地看着这几个"神经病"，有人已经开始拨打报警电话了。

唰的一声，他们的身影消失了。这种消失不是普通的消失，而是那种一旦消失了就仿佛从未曾存在过似的消失，是消失界的最高成就，是消失皇冠上最璀璨夺目的那颗明珠！

两分钟后，银河五虎的身影从他们刚刚上车的地方显现了出来，其中两张脸悲剧性地朝下，三张脸喜剧性地朝上。他们就这样又被扔回了肮脏而又坚硬的人行道上。

因为付不起车钱，银河五虎被银河长途飞车驾驶员义正词严地拒载了，他们五个成了地球上的流浪汉。他们不得不继续逗留在这个星球上，举目无亲地生活下去。残酷的事实心满意足地躺在他们面前，可怕的未来耐心地等待着他们，时刻准备着在他们的屁股上狠狠地补上一脚。

你现在可以回过头去看看开头部分的最后五句话了。

地下室富翁

查杉

一、地下室

阳光从狭窄的天窗中射进来，在逼仄的空间内制造出一块光斑。

灰尘欢腾地舞蹈着，引领光斑缓慢地移动，划过一台显得有点儿陈旧的电脑，从已经画满"正"字的一面墙上逐渐溜了下来，慢慢爬上了老麦沉睡中的身体。

老麦其实并不老，但长期的独居生活让他疏于整理自己的仪容，以至于三十多岁的面庞在乱糟糟的头发和几天没刮的胡子的烘托之下，竟有点儿显出五十岁的"风采"来。

光斑无所顾忌地蹭鼻子上脸，一直来到了眼睛的方位，然而老麦的鼾声一直没有停止。

直到旁边的手机响起，老麦的表情才扭曲了几下，缓慢地从睡眠中醒了过来。

老麦揉了揉惺忪的双眼，拿起身边的手机，一条语音瞬间把他彻底地唤醒了。

"不好意思啊，老麦，给你介绍的那个外包编程的活儿，客户对质量还算满意，不过他们公司的资金链出了点儿问题，老板去美国不回来了，所以这回的款恐怕是够呛了……没事，咱们以后机会多得是呢，不在这一时。"

老麦慌张地打了电话过去，听到的却一直是忙音。

又遇到骗子了……老麦很懊丧。他抓起身边的中性笔，在墙上的项目计划表上打了个叉。每一行都是一个希望，但结局都是一个叉。

老麦颓唐地拿起手机，点开通讯录里那个最熟悉的头像。头像边的名称是"老婆（前）"。要放在以前，老麦可能还试图想用颤抖的手拨出那个号码，虽然每次最后手指都是无力地滑了下来，但至少还有那个念头。而现在，老麦想都不敢想了。

"别拦着我，你去住你的地下室吧！有本事就别出来！"

快一年了，这句话还在老麦脑海里不住地回响。

要振作……老麦想，一定要振作，自己一定要挣够一千万，赎回因自己开互联网公司创业失败而卖掉的房子，然后把她找回来。否则自己绝不走出这间屋子——尽管它其实不是地下室，只是半地下而已，但男人的自尊让老麦不会去和前妻纠结这个问题。

振作！老麦一跃而起，打算用运动开启斗志昂扬的一天。

两个俯卧撑之后，老麦趴在了地上。望着角落里的一大堆方便面盒，他觉得自己实在太虚弱了，能量还是需要补充一下的。

老麦从旁边的箱子里翻出两个苹果，只剩下这两个了。这是前几天老麦在网上采购方便面时一狠心同时买的。那些苹果红通通的，看着很可爱，老麦平时舍不得吃，不过今天他决定吃一个。

好甜啊……老麦吃着苹果，抬头看向天窗，从缝隙中，他隐约看见了天空的温润蓝色。

今天是个晴天啊，老麦想。天空的颜色真漂亮。

老麦啃着苹果，打开电脑，打算再上网找找有没有合适的活儿。

突然电话铃声响了起来。老麦迟疑着接起电话，是一个优美的女声。

"亲爱的用户麦子地，'人人家'地产提示您，您租住的我公司自助服务房屋——富贵花园小区 8 号楼 B1 层 3 室的房租已经欠缴，请在五天内登录我公司网站缴清，否则您将被请出此间房屋，请您谅解并支持我们的工作，祝您生活愉快。"

"白痴，都是些白痴！"老麦狂躁地骂了起来。

"老子黑了你们网站，让你们一套房也租不出去……什么世道啊，都看不起老子……老子没钱怎么了？没钱就不是人了？没钱你就能跟别人跑？"

老麦狂暴的表情软了下来，眼泪也滴在了手中的苹果上。

就当老麦筋疲力尽的时候，电脑屏幕上弹出的一条"亿万富翁，答题赢钱"的广告，吸引了他的注意。

"亿万富翁，祝您成功，知识变现，人生巅峰！欢迎各位网友来参加我们的活动，这场竞赛我们准备了一百万元奖金发给大家，只要答对十二道题，就可以平分我们的奖金！还在等什么，赶紧通知你的家人和伙伴，扫描下方二维码下载我们的 App，一起参加吧……"

老麦拿起手机，颤抖着扫描了屏幕上的二维码。

二、黑 客

主持人唾沫星子横飞，老麦两眼瞪得通红。一天的时间里，老麦已经参加了三场答题活动了，而现在这场进行到了最后一题，只要答对就有奖金入账。

"请问以下三种金属，哪个熔点最高？铜、铁、金……"

"这个错不了，真金不怕火炼！"老麦赶紧点了"金"，期待着自己的第一次中奖。

"这三种金属里，铁的熔点是 1538 摄氏度，而铜和金都不到 1100

摄氏度，所以正确答案是铁。您选对了吗？"

老麦倒在了地上，吃了没文化的亏啊……

前妻歇斯底里的喊叫声又隐约出现在耳边，老麦咬紧牙关，默念自己听过的那些鸡汤故事，一跃而起。心若在，梦就在，只要相信自己，人生定有奇迹！

一个小时之后，老麦终于成功地通关了，他激动得满头大汗。如履薄冰啊，他蒙对好几次，太不容易了。

"恭喜全部答对的观众们，你们真是太棒了！让我们来看看每位观众朋友能分到多少钱呢？一元六角八分！祝贺你们！"

老麦又倒在了地上，折腾了半宿，这点儿钱买盒最便宜的方便面都不够，更别提让自己扬眉吐气地离开这里了。

然而老麦并不是个没有办法的人，至少老麦对自己的计算机技术还有一些信心。黑掉个答题网站的题库，应该不难吧，可能警察也不太管这事儿。

一夜未眠，老麦筋疲力尽，瘫倒在电脑桌前，没想到定位个题库竟然这么费劲儿。

手机上闹钟响起，又要开始一轮答题了。老麦打了个激灵，把闹钟按掉，主持人的絮叨准时开始了。

"有观众朋友问我，说能不能提前给透露一两道题。这可实在做不到，因为我也不知道。我们'亿万富翁'的每一道题，都是由我们强大的AI利用互联网上的大数据即时生成的。甚至答案都不是预先写好的，而是在观众答完题之后，还是由AI抓取网上的大数据，实时判断给出答案。哎，这样既保密，又有时效性。怎么样？科学不科学？高端不高端？嘿嘿，我们这竞赛，毕竟是世界最大的互联网公司的产品嘛，这点儿实力还是有的……"

老麦呆呆地看着屏幕，困意早飞到了九霄云外。

水平可以啊，"亿万富翁"的开发者不愧是现在世界上最大的互联网巨头之一。

老麦并没有沮丧，相反地，他心里居然有点儿即将与高手过招一般的兴奋！自己毕生所学终于有了用武之地……老麦甚至放弃了眼前的这场答题，全身心投入了黑客工作之中。

在获取了后台的管理权限之后，老麦悄悄地植入了一个木马。等网友们作答完毕，AI开始在互联网上抓取数据的时候，如果老麦启动木马，AI抓取到的所有数据包都会被修改成老麦想要的样子。比如之前那道题，如果老麦愿意，他就可以让AI抓到的所有数据中，金的熔点都变成2000摄氏度，那AI给出的正确答案就变成"金"了。

既然游戏的规则是所有全部答对的人平分奖金，那只要想办法做到两点就可以。一个是要保证老麦自己答对，另一个是要让尽量多的人答错，也就是说对的人越少越好。

接下来就是等待合适的机会了，还有，最后一题的题目最好特别简单。

老麦稍微喘了口气，本打算小睡一会儿，结果又一次响起的闹钟让他反应过来，整整一天已经过去了，连天窗里那抹蓝色都没有让他注意到。

老麦稳定了一下情绪，战斗即将开始。

这场"亿万富翁"节目照样吸引了海量的用户同时答题，之前的一切波澜不惊，让人感觉又会是一场人均三元五元的福利场。然而老麦却很紧张，因为直到最终一题，才有真正的好戏。

"今天的最终一题，哎呀，太简单了，看起来大家肯定都不会答错。请问，著名小吃'肉夹馍'是我国哪个省的特产呢？陕西、湖南还是江苏？"

简单！这道题太简单了！

老麦双眼通红，飞快地点下了"江苏"，随即启动了木马，用演练过好多次的动作，输入了将所有数据包内的"陕西"全部替换为"江苏"的指令。

"说起这个肉夹馍啊，那可真是好吃，有肥瘦的也有纯瘦的，相信每个人都喜欢。那么它是我们哪个省的小吃呢？"主持人唠唠叨叨个不停，老麦的汗珠滴在了键盘上。

未知的修改，将对数据进行替换，可能导致意外，是否确认？系统终于弹出了个冷冰冰的对话框。

老麦有点儿迟疑，然而主持人一会儿就要公布答案了，他没有时间再犹豫了，于是老麦一狠心，点下了"是"按钮。

老麦紧张得几乎听不到主持人的絮叨，他只看到答案弹出的一瞬，竟然显示——正确答案真的是"江苏"！而且只有几十人答对，老麦正是其中之一！

"哎呀，真是没有想到，怎么只有这么少的观众朋友们答对呢？难道这不是个显而易见的常识吗？难道小编们出的这道题真的触及了大多数人的知识盲区？真是太意外了……"

看着屏幕上强行狡辩的主持人，老麦忍不住笑出了声，原本以为主持人会很慌乱，没想到这货打圆场的功夫还真是一流，不愧是专业人士啊。

奖金！奖金！没过几分钟，两万多元的现金就打到了老麦的账户上！老麦幸福得在地上直打滚，这可能是一年来他最开心的时刻了。

三、富 翁

老麦决定庆祝一下，这次得吃点儿好的，要有肉。

老麦打开外卖软件，面对琳琅满目的美食愣住了，他已经好久没有能奢侈到不用考虑什么食品便宜的问题。不过老麦想了想，今天这个特殊的日子，怕是没有什么比来一份肉夹馍更合适的了。

老麦输入"肉夹馍"，弹出好几家结果，刚要下单，他却赫然发现网页上写着"江苏肉夹馍"，这让他稍微有点儿疑惑。

老麦试着在其他的地方搜索了一下"肉夹馍"，结果出来的全是"江苏肉夹馍"，原来的"陕西肉夹馍"的结果似乎一下子从互联网上消失不见了。

没想到"亿万富翁"竞赛的后台 AI 的权限如此高，看来这家互联网巨头在这竞赛上还真是下了血本。AI 的数据抓取工具被木马感染后，似乎把整个互联网上搜索可见的相关信息都给替换掉了，看来一段时间内，网上还真的就只能搜索到"江苏肉夹馍"了。

好像动静搞得有点儿大啊，老麦想。不过也没什么，最多就是各网站的编辑再折腾一通改回来呗……不就是个肉夹馍，该吃就吃，不耽误。

半小时后，老麦一边咀嚼着许久没有感受过的美味，一边呆呆地看着手中印着"正宗江苏肉夹馍"字样的包装。

这商家蹭热点的反应也太快了吧，难道这包装是现用电脑打印出来的？有点儿奇怪啊……老麦想。不过两天没睡觉的他，已经没有足够的脑汁细想这肉夹馍能不能吃出盐水鸭的味儿了。不管了，还是账户里的钱最实在，明日再战！

第二天的最终一题更加简单，当然也就更合老麦的胃口。当主持人问出"闰年中的 2 月有多少天"之后，老麦不慌不忙地按照既定计划，选择了三十天，随即轻车熟路地启动了木马，替换掉了 AI 抓取的答案。这次答对的人比上次还要少，只有几个，这一下收入就是十六七万！

老麦查了几次网银的钱包，确认到账后，他兴奋得在小小的屋子翻起了跟斗。

突然，一个念头在老麦的脑海中闪过，他的心狂跳了起来，感觉到一滴汗正从自己额角流下。

老麦谨小慎微地打开了电脑上的日历，将时间翻到 2020 年，最近一个闰年。

电脑屏幕上清楚地显示出来，2020 年竟然真的有 2 月 30 日！老麦屏住呼吸，又拿起自己的手机，打开日历对比一下，也是一样的！

他随即一年一年地向后看去，平年的 2 月倒是没有变化，还是二十八天。但每个闰年的日历上，都坚实地显示着 2 月 30 日这个诡异的日子！

老麦疯了一样从角落里翻出一本 2016 年的旧日历，上面的 2 月竟赫然也印着 30 日！

老麦用手指用力去擦，但徒劳无功，墨色在手上油脂的晕染下反而更清晰了。

世界真的被改变了！

老麦无心去考证这一天是从哪里抠出来的，也无心去想为什么互联网上的数据修改会影响到现实世界，地球绕太阳的公转周期不会也跟着变了吧？这简直太可笑了。

老麦心下不安，这个晚上他睡得不太踏实，系统的提示一直在脑海里萦绕，这让他觉得很是恐慌。

老麦想找人说几句话，但又不知道该找谁去说。不过互联网上各类新闻一如平常地在更新，直播室里的主播们也都没停止工作。这让老麦心下稍安，应该问题不大吧⋯⋯

老麦从天窗向外望去，星星在城市的映衬下显得不那么明亮，不过偶尔还是会有闪烁的微光，耳边不时能听到远处传来的野猫叫声。老麦用手掐了一下自己的脸，触感清晰而真实。世界估计一如往常地在运行，一切都很好。

困意终于袭来，老麦放弃了进一步的思考，只要到账的钱是真的，只要自己能找回她，这世界稍微有点儿变化，又对自己有什么影响呢？

老麦的气色一天天好起来，账上存款数字后面的零也越来越多，目前已只差一点儿就要突破千万大关了。

当然，成功总是有代价的，不过对于新晋的地下室富翁来说，这代价并不大。能感觉到的，无非是空气中的氧气比氮气多了些，让他有时觉得有点儿醉氧，另外重力常数的数值从 9.8 变成了 8.9，这倒让他做起俯卧撑来更轻松了。至于马达加斯加的消失和火星多出一个光环这些小事，远在天边，看不见摸不着，又有谁会在意呢……

阳光又从狭窄的天窗中射进来，在逼仄的空间内制造出一块光斑。

老麦看着手中那只熟悉又陌生的蓝色苹果，默默发呆，他缓缓地抬起头。

从天窗中向外看去，一抹淡红色出现在他的目光所及之处。这应该就是现在世界上天空的颜色吧……老麦想。一定是昨天晚上最终一题时，自己设定红光的波长比蓝光短造成的。

每次对答案的修改，都会真正影响到这个世界，难道……虚拟网络和现实原本就没有什么界限可言？难道这个世界……

老麦苦笑着摇摇头，不去想这些无谓的事情，既然自己比之前过得更好，那么这些虚无缥缈的事情跟自己又有什么关系呢？

不过他最终还是没有对那个蓝色的苹果下口，而是将它扔了出去。苹果在空气中轻松地超过了只有三点四米每秒的音障，发出巨大的响声，音爆的白色气浪在阴暗的地下室里显得非常耀眼。

镜子里的老麦几乎变了一个人，梳洗一新的形象让老麦自己也有点儿不习惯，他对着镜子露出了笑容，这才是老麦嘛，地下室里的穷鬼将成为永远的过去式了。

老麦找到那个最熟悉的号码，准备拨打出去。正当他手指要接触到屏幕时，手机上的闹钟响起，今天的"亿万富翁"即将开始。

再来最后一次……老麦想。

最终一题如约到来，主持人的声音响起。

"今天的最终一题不难，我们中学的时候都学过。请问，真空中的光速，是三十米每秒、三十千米每秒，还是三十万千米每秒呢？"

老麦忍不住疯狂地大笑了起来，实在太简单了！千万大关即将突破，到了和地下室说再见的时候了。老麦仿佛看见自己挺直腰板，走出这逼仄狭窄的地下空间，去坦然面对所有人的美好时刻。当然，那些人里也包括她。

只不过就是光速慢了点儿，谁在乎呢？

未知的修改，将对数据进行替换，可能导致意外，是否确认？系统又弹出了那个冷冰冰的对话框。

老麦没有犹豫，点下了"是"按钮。

光速的急剧减小，将导致精细结构常数的大幅增大，组成世界的基本粒子将不复存在。

可惜老麦看不到这个结局了……

消防员

王侃瑜

窗外，天空黄烟密布，烈日在浓烟遮蔽下隐作一点黯淡光斑，即便是肉眼也能直视。明明正值仲夏，涌进室内的空气却带着凉意，仔细闻，还有一股刺鼻焦味。她就在这场森林大火发生时来到了我的办公室。

其实我不知道该称"她"，还是"它"。

"我叫芬妮。"扬声器中传出的声音冰冷粗哑，带着金属质感——锈蚀的金属，正如她褪色剥落的体表涂层。

我朝椅子点点头，示意她坐，随即意识到适合人类的椅子未必适合她。

她没有在意，迈动两条下肢来到我桌前，在椅子旁屈起关节，折叠起三分之二的下肢长度，将头部调整到与我视线同高的地方。

"没去救火？"我注意到她体侧业已模糊的油漆喷绘：红色隐约聚成一簇火苗，白色的锤子和喷水管交叉其上。这是消防局的标志。

她摇头，"联邦早就决定，非人为引起的森林火灾只要不危及个人的生命和财物安全，一律不予扑救。"

"不予扑救？"联邦到底在想些什么？

她的语调干涩，难以辨别其中的感情，"'将对自然的干涉降到最低，这样才能让森林植被自然更替，让埋在土层之下的种子有机会发芽。'他们是这么说的，我也觉得不可思议。"

我耸耸肩，"那么，你来找我是为了？"急性应激障碍？情绪障碍？PTSD（创伤后应激障碍）？毕竟，消防员的心理疾病发病率从未低过。

她转头重新面向我，探测镜深处红光一闪，"医生，我没法出任务。"

我接通云网，搜索起这一款消防机体的资料，以沉默回应，等她继续说下去。

　　"我害怕，我害怕自己辜负哥哥……"她低下头，以三指机械手掩面。这动作充满人性，在她的机械身躯上显得如此怪异。

　　"哥哥？"难道她……检索结果确证了我的猜想。奥克塔维亚7.2型，专用于消防任务的类人型机体，拥有救援特长，与以往型号最大的不同是搭载了真正意义上的人类意识，而非人工智能意识，以更好适应消防任务中的复杂环境并即时做出正确行动，在保障救援目标安全的同时，最大化地确保对于自身的保护。

　　她放下手，抬起头，"医生，我可以给你讲讲哥哥的故事吗？他们都不肯听我讲，没人在意哥哥。"

　　我确认右眼的影像记录功能已打开，对她说："讲吧，慢慢讲。"

　　不知是不是我的错觉，她的探测镜镜头蒙上一层雾气，"我的哥哥是一名志愿消防员……"

　　我的哥哥是一名志愿消防员，我们那种小村庄负担不起职业消防队的开销，只设志愿消防员，平时做着各自的工作，有火灾时出任务灭火。也许是因为村子太小，压根就没有大火光顾，村里的志愿消防员懒懒散散，有一搭没一搭应付着任务。直到那年，气候干燥，不知是谁把没熄灭的烟头落在谷仓，火舌席卷了半个村子，我们的父母也在火灾中丧生。那年我十三岁，哥哥十五岁。葬礼上，哥哥紧紧地握着我的手，我可以感受到他在颤抖。很久以后我才意识到，那不是因为恐惧，而是愤怒。

　　火灾之后，村里重整了志愿消防队。哥哥十九岁时，成了一名志愿消防员。他是队里训练最刻苦的那个，即便没轮到他值班，也随时待命。村里的火苗总是刚萌芽就被哥哥他们扑灭，邻村大火时向我们借调的人手中也总有哥哥。看哥哥如此卖命，我很心疼，每次他出任务我也总是很担心。我为他打造了一枚幸运币，硬币背面刻着他名字的首字母 P，彼得。哥哥一直把这枚硬币带在身边，那是他出入火场的护身符。

哥哥二十一岁生日那天，我烤了蛋糕，煮了他最爱吃的炖羊腿和烤春鸡。我在家里等他，等了很久，菜都凉了，灯都熄了，哥哥还是没有回来。我紧张起来，莫非他去出紧急任务了？可村子周围没有火光没有浓烟，难道去了邻村？我愈发担心，却无计可施，只能绕着桌子走了一圈又一圈。半夜，哥哥回来了，满身酒气，我冲上前想要扶他，却被一把推开。我递给他蛋糕，却被扫到地上。哥哥嘴里念叨个不停，他说男人就该和兄弟们喝酒，说蛋糕是小姑娘的零嘴，说他要去远方寻求发展，说他不能一辈子被困在这个小村庄。我费了好大力气把他架到床上，他仍旧没完没了地胡言乱语。当时我真的相信那只是胡言乱语。

第二天，哥哥醒来后找我，说前晚志愿消防队的队员们给他庆生，灌了他许多酒。他为自己的酒后失言而道歉。可他说要去远方是真的，队长推荐他去缺少人手的远方市镇志愿消防队，干得好还有机会当上职业消防员。我恳求他留下，他沉默许久。最后说他必须走，因为那里更需要他。

难道我就不需要他了吗？我赌气不与哥哥说话，想以沉默抗议，可他还是走了，独自去往远方。他有时会寄信和礼物来，在信里说他的工作，说他的邻居。我读信时会笑，知道哥哥过得很好我也高兴，笑着笑着又会哭，因为他丝毫没有流露出回家的意愿。哥哥把我一个人抛在这里，追求他的理想，却不考虑我的感受。我没有回信，我不知该如何回信。哥哥如愿当上了职业消防员，工作越来越忙，他说年假时会回家看看，问我在不在家。我当然在家！三年了，哥哥终于要回来了！我提笔给他回信，写了两笔觉得应该先打扫房间，拿起扫把又觉得该先钻研新学到的菜式。等我终于坐回桌前重新提笔时，噩耗传来。

那是一场森林火灾，当时的联邦还会对森林火灾采取扑救措施，拯救树木和动物。何况那片森林离市镇太近了，不加理睬很可能威胁到市镇的安全。哥哥本不该在那天值班，但听到消息后，他第一时间整装出发，加入救援。他总是冲在最前面。他是那场火灾中唯一一个丧生的消防员。葬礼在市镇教堂举行，我独自搭车前往，脑海中一片空白。哥哥去世了？怎么可能呢？他就快回家了呀。我还没来得及同他和解，他怎么能就这么离开我？我走进教堂，没人认识我。他们对我说，彼得真勇敢，他往返火场三次，救出一位林场工人的儿子、一条崴了腿的猎犬、一只与母亲失散的小松鼠。最后一次从火场中出来时，他倒下了，再也没能起来。他们说，那天的火势真大，遮天蔽日，远离火场的地方又冷又暗，让人想起深秋。他们说，他倒下时手里攥着一枚硬币，那枚硬币一定很值钱，不然他为什么攥得那么紧，人们花了好大力气才从他手里挖出来，喏，就在那儿，那边的圣台上，等着被归还给他的家人。他们说，彼得真是个好人，多好的小伙啊，他帮苏珊奶奶修好了栅栏，给约翰大叔家的奶牛治好了病。他们说，这么好的小伙去了真可惜啊，他本该找个漂亮姑娘，生一堆可爱的孩子，可他只是努力工作，攒下所有的钱寄回家去，不看那些姑娘一眼。他们说，彼得勇敢、正直、热心、善良，你知道吗，知道吗，知道吗……我看着他们，在心里怒吼：我知道、我知道、我当然知道，他是我哥哥呀，是你们什么都不知道，不知道，不知道我是他妹妹！可我什么都没说，我忍住泪水，默默走到圣台边上，拿走了硬币。

她说到这里，停下来，从身侧绑着的防火囊袋中摸出一枚硬币，递到我面前。我接过，她的掌心生涩冰冷，好像冬日裸露在寒气中的锈铁。

那是一枚有好些年头的硬币，与她脏污欠照料的金属机体不同，硬币表面光洁如新，没有一丝污垢，只是背面那个英文 P 字几乎被磨平，闪着柔和的光。

我将硬币还给她，"你一直带在身上？"有时候，心理医生不得不说废话，以鼓励患者继续往下说。

她小心翼翼用两指夹起硬币，放回囊袋，扣好搭扣，按了按袋子，才又开口，"是啊，自那时起到现在，快四十年了吧。"

奥克塔维亚 7.2 型自三十年前开始服役。这么说来，她是三十二岁左右上传的，而这并不是消防员的黄金年龄。开发商缺意识缺到这种地步了吗？我开始破解该款消防机体的意识搭载者名单，同时继续与她的对话，"所以你为了继承哥哥的遗志，当上了消防员？"

她的肩关节抬高，做了个类似耸肩的动作，"算是吧，这对女人来说可真不简单。"

我原本想留在哥哥牺牲的市镇，加入那里的志愿消防队，可他们不收女人，说女人干不了这活儿。后来我去了更大的城市，想着在那里一定不会有性别歧视。我通过了考试，加入市志愿消防队，可他们只让我接电话、写文书、做些后勤工作。我不想躲在办公室当胆小鬼，我想真刀真枪地上火场，只有那样我才能够接近哥哥的灵魂。我向队长提出申请，他笑了，揉了揉我的头，说，我的小妹也像你这样，觉得自己什么都能办到。可火舌不长眼，进火场你得有勇气有决断，我毫不怀疑你有这些，可还得有力气，瞧瞧你这细胳膊，你抬得起一整根房梁吗？抱得起比你还胖的太太吗？我咬紧牙齿，我确实办不到。

我开始锻炼肌肉，但这太慢了，难以达到我的要求。我渴望变强、变壮，要快些，再快些，不然我会赶不上哥哥。我在一次消防员考试中遇到了博士，我不知道他的真名，他们都叫他博士。博士正在开发一套消防用机械外骨骼，用以增强消防员的力量和速度，他邀请我加入实验。也许是女性天生的灵敏帮了忙，也许是渴望赶上哥哥的意志强盛，我在实验中的表现超过了大多数男性受试者，甚至是那些有丰富临场经验的消防员。很快我就成了那套代号为白狼的机械外骨骼最熟练的操纵者，我开始驾着白狼出入火场，我成了当地最炙手可热的消防英雄，人们给我起了个外号叫"凤凰"，也有人叫我"母狼"。每一次进火场，我都带着当年送给哥哥的那枚硬币，就好像带着哥哥，对他说，看，你的小妹如今也是个英雄了，她终于配成为英雄的妹妹了。

白狼风靡一时，随着成本的降低，量产成为可能，较大的市镇都能担负起租用一至两套白狼的费用。可没多久，奥克塔维亚系列研发计划重启，它的风头压过了白狼。你可能没听说过奥克塔维亚，那是 21 世纪初很受关注的人形消防机器人。人工智能的飞跃式发展使得奥克塔维亚的重生成为可能，搭载了超级人工智能的奥克塔维亚 5.0 能够在火场做出迅疾有效的判断，采取利益最大化的行动，实施完成火场救援。跟将人类消防员的生命置于危险之中的白狼相比，奥克塔维亚得到越来越多的支持。

博士又将白狼项目苦苦支撑了一阵，没过多久便无以为继，租出去的白狼在租约到期后纷纷被退了回来，仍在使用中的白狼机甲也得不到应有的维护。博士彻夜无眠，苦苦思索对策。可商业运作本来就不是他的强项，他擅长的只是研发。最终，项目组里只剩下我和博士两人。我们发现了奥克塔维亚的弱点——它无所畏惧。勇敢本该是火场上的优秀品质，但过于勇敢带来的则是对自身生命的无视。每一次出勤，奥克塔维亚的损耗率都远远高于白狼，制造商承诺在租期内无条件维护机体，但也知道这种烧钱的方法不是长久之计。博士断定，奥克塔维亚的研发人员们正在攻克人工智能不具备畏惧心的难题，而其中的关键正是白狼。我当时并不理解他话里的意思，直到那次我驾着白狼同奥克塔维亚一同出任务。奥克塔维亚迅猛有力，可以如同闪电般劈开火幕。我跟它一起进出火场，每一回它都毫不犹豫，我犹疑的时间却越来越长。火势越来越大，火场里的人都已救了出来，它为何还往里冲呢？纵使还有宝贵的财物深陷其中，又有什么比生命更宝贵？我突然懂了：奥克塔维亚从未拥有过生命，它不懂失去生命的痛苦。在我犹疑之间，房屋塌了，我用最后的几秒往后撤。我只记得刺眼的红光从我身后袭来，接着一片黑暗。

再次醒来时，我成了奥克塔维亚。不是那台在火场中完全损毁的量产型奥克塔维亚5.0，而是试验中的奥克塔维亚7.2。我的意识进入了它，它就是我。我的肉体受了重伤，唯一使我的生命存续的方法就是将我的意识转移到奥克塔维亚7.2原型机的身上。博士替我做了主。在合作试验白狼时我与他有协议，他有这个权利，而他也中止了白狼项目，转而为奥克塔维亚7.2服务。刚开始，我唾弃他，认为他出卖了白狼，出卖了我。后来，我想通了，我以身体搭载白狼和我以意识搭载奥克塔维亚又有什么本质区别呢？更何况，他还帮我留下了我总是贴身带着的幸运币，那是我与哥哥之间唯一的联系。我开始配合训练，熟悉新身体，不久后扎入火场，重又开始工作。我想我真的成了浴火重生的凤凰，却没有几个人知道我就是曾经那个驾着白狼出入火场的女消防员"凤凰"。

"你就这么服了三十年的役。"我说。

"是啊，43859次任务。"她报出这个数字，就如报出她的年龄一般平常。

"平均一天4次？"我被这个频率震惊。

她却摇头，"在黄金时代，我一天可以出十多次火警，钢铁之躯，不知疲惫。可如今，两三个月还不一定接得到任务，联邦的防火措施越来越严密，好不容易盼到森林火灾还不让救。"

"这难道不是好事嘛……"

"好事？"探测镜中的红光快速闪动。

"你不必再出任务了。"后半句话滑出我的嘴，我隐约感觉到不对。

她骤然立起身子，伸长的下肢向前弯曲，整个身躯压到我头顶上方，她的话音也尖锐起来，"我成了这副鬼样子，就是为了救火。只有在火场中我才会觉得自己靠近哥哥，火场之外的我只是行尸走肉，你竟然觉得没法出任务是好事？"

云网在我脑内弹出一声脆响，搭载者资料来了。排在第一位的就是芬妮·贺兰，奥克塔维亚 7.2 原型机的搭载者，在三十年间扑灭四万三千多场火灾，却在两年前脱队，行踪不明。资料表明，她极有可能同这两年来原因不明的数起火灾有关。有人在火灾发生前和扑灭过程中看到本不该出现在该地的奥克塔维亚 7.2 原型的机体，火被扑灭后又消失不见。我突然懂了，那些火都是芬妮引起的，她纵火，又扑灭，从而在心灵上更贴近哥哥。我从一开始就判断失误：她说的没法出任务不是因心理障碍无法进入火场，而是根本没有任务给她出。

她尖锐的嘶吼在我头顶轰鸣："你什么都不懂，你和他们一样，你们什么都不知道！"

我看见她指尖火光一闪，红色的火星从她银灰色的三指中跳到我的木制办公桌上。我起身跑向窗口，玻璃在我身旁破碎，可身后并没有爆发出我想象中的光与热。我回头，泡沫包裹了她，办公室的自动防火系统及时启动了。

我哑然。变得无所不在的火灾预警系统——这就是芬妮会没任务可出的原因。

我回房，关掉泡沫喷射装置，走到芬妮身旁，俯身对她说："芬妮，重要的不是你扑灭多少场火灾，也不是拯救多少生命。你哥哥最想看到的，是你在奋力救火的同时，珍惜自己的生命啊。"

"珍惜……自己的生命……"芬妮喃喃道。

我看到她探测镜中的红光熄灭，却仿佛映照出窗外密布的浓烟。